诗咏顾炎武

策划 陈建林 单宪年

昆山市顾炎武研究会 编

主编 郭志昌

古吴轩出版社

中国·苏州

图书在版编目（CIP）数据

诗咏顾炎武 / 郭志昌主编；昆山市顾炎武研究会编.
— 苏州：古吴轩出版社，2018.1
ISBN 978-7-5546-1103-6

Ⅰ．①诗… Ⅱ．①郭… ②昆… Ⅲ．①诗集—中国
Ⅳ．① I22

中国版本图书馆CIP数据核字（2018）第005529号

策　　划：陈建林　单宪年

责任编辑：蔡时真
见习编辑：杨晶晶
装帧设计：杨　洁
责任校对：靳晓虹　徐　铼
责任照排：杨　洁

| 书　　名：诗咏顾炎武 |
| 主　　编：郭志昌 |
| 编　　者：昆山市顾炎武研究会 |
| 出版发行：古吴轩出版社 |

地　址：苏州市十梓街458号　　邮编：215006
Http：//www.guwuxuancbs.com　E-mail：gwxcbs@126.com
电话：0512-65233679　　传真：0512-65220750

出 版 人：钱经纬
印　　刷：苏州日报印刷中心
开　　本：880×1230　1/32
印　　张：9.5
版　　次：2018年1月第1版　第1次印刷
书　　号：ISBN 978-7-5546-1103-6
定　　价：32.00元

如有印装质量问题，请与印刷厂联系：0512-65640827

诗中顾亭林(代序)

段志强

顾炎武一生足迹遍于四方,生前即已名动天下,但他不喜欢明末儒者热衷于讲学的风气,更不喜欢广收门生弟子,互为标榜。再有,他中年时离开江南故土,后半生都在北方度过,与家乡的关系较为疏远,乡人对他的了解相当有限,也就缺乏动力与能力表彰这位乡贤。所以,在顾炎武去世之后的一百年中,他的声誉其实是比较沉寂的。相较起来,南方如黄宗羲、北方如孙奇逢,都因为长期讲学、门生弟子众多而广为人知,顾炎武则直到考证学风在乾隆中后期风行以后,才又回到士林的中心。

这一点,只要读一下全祖望写出《亭林先生神道表》(作于1748年,刻于1804年)之前唯一流传的亭林传记——李光地《顾宁人小传》,就可明其端绪。李光地本人见过亭林但无深交,这篇小传中只说顾炎武为学博雅淹洽,特别是对音韵学颇有造诣,对于后来地位崇高的《日知录》,仅以"识大小、覆同异、辨是非"三语了之,末尾又说亭林性格乖僻,所以与"吴人"关系紧张,这样的亭林好像只是一位怪异的学者。全祖望《神道表》固然全面记述了亭林的事迹与建树,但是局限于形势,直到乾嘉之际方才刊刻问世,距亭林弃世已经一百二十多年了。

在同时代人的眼中,顾炎武究竟是一个什么样的人?他的朋友们,无论是亲近的密友，还是偶有交往的路人，甚或政治阵营不同的朝中大佬，怎么看待这位后世眼中的时代巨人？要了解这个问题，除了有限的几篇文章，如同学诸人《为顾宁人征天下书籍启》、程先贞《赠顾征君亭林序》及汤斌《与宁人先生书》之外，主要还是要靠为数不少的酬唱诗歌。顾炎武的好朋友德州程先贞有诗说"幽人自比陶彭泽，诗客浑如杜少陵"（《再次酬亭林先生将适山右》），他自比陶渊明，而将亭林比作杜甫，近代注解顾诗的诸家也无不将顾诗看作如少陵一般的诗史，其实顾诗之外，他人咏顾的诗也值得重视。顾炎武除了活在自己写下的诗文著述之中，更活在朋友酬赠、追怀思念的诗里。特别是几首长诗，像归庄、戴笠、王仍、潘柽章《丁酉腊月八日在韭溪草堂奉怀宁人道兄联句三十二韵》，李因笃《咏怀五百字奉亭林先生》及《哭顾亭林先生诗一百韵》，潘耒《己酉冬暮自淮阴抵平原谒宁翁先生敬述长律六十韵》，就不仅足补亭林一人之史，更可进窥一代遗民心史。

可是，即使是在考证学如日中天、顾炎武成为"清学开山之祖"的乾嘉时代，人们对亭林的认识仍然相当狭隘。《四库全书总目提要》虽然承认顾炎武的学术建树，但对他在政治理论和社会改革方面的理论成就则称"或迂而难行，或愎而过锐"，几乎一笔抹杀。在这样的权威论定之下，亭林几乎只作为皓首穷经的学者存在于清代中期的思想界，更不要说在文字狱的巨大压力面前，更少有人敢触及先辈人物的遗民心事了。就算全祖望《神道表》问世，毕竟无力对抗《四库总目》的威势，即使在同治、光绪年间，朝廷上议论起是否应当将顾炎武从祀孔庙的时候，反对者们拿出来的不利证据仍然以《四库总目》的论断为首。

只有诗中的世界透露新时代的信息：从道光朝开始，大批咏顾诗出现，诗人们回顾明清易代的天地玄黄，不但直契亭林的气节与抱负，也认识到亭林思想的价值——经生未必寡术。以建于京师广安门内的慈仁寺顾亭林祠为中心，许多唱和、咏怀诗都把顾炎武的经术、治术与晚清的复杂局势联系起来，乞灵于这位一生不得施展机会的书生。何绍基、张穆、张之洞、祁寯藻、翁同龢，乃至朝鲜人朴珪寿等人的诗作，无不贯穿焦虑与希望，而在这些直抒胸臆的诗歌之中，顾炎武也终于突破了官方和学派加诸其身的限制，成为代表一代思想高度的灵魂人物。

史可程《赠宁人社翁》诗云："儒术方趋贱，吾道竟安如。"明末的思想界有种知识无用论的风气，清初特殊的政治形势更令人对思想传统的延续感到担忧。这种忧患的感觉主宰了顾炎武的全部生涯，也引起了后世士人的强烈共鸣。在三百多年的与顾炎武有关的几百首诗中，体现的是以天下为己任的精神力量，这种精神渊源久远，在顾炎武"天下兴亡、匹夫有责"的呼声中奏出了最强音，并在此后的历史里引起了巨大而持久的和声。希望这本诗集能将这曲宏伟的"交响乐"广布人间，亭林所代表的伟大精神因之得以传之久远，响彻天壤。

2017年11月20日

凡　例

1. 顾炎武生前，曾经有大量的唱和诗、赠诗往来于他和同事、朋友之间，身后，又有朋友和崇拜者的大量怀念诗、挽诗、颂诗等出现在各种场合和书籍之中，在民间也得到了较为广泛的流传。

2. 编者将诞生在三百多年中的这些诗歌作品梳理之后，按作者的生卒年代顺序排列，展示在读者面前。

3. 为了整体上的美观洁净和阅读方便，编者将原诗句中的引号、逗号与书名号予以取消，相信不致引起歧义和误解。诗作前的题解（记）一般不作标点与断句（个别较长者除外）。本书不具备解释功能，因此，为便于读者阅读，将原诗句中具备这种功能的小字也一并剔去（确有必要保留者除外）。

目　录

诗中顾亭林（代序） ……………………… 段志强

凡　例

林古度　一首
奉答宁人先生赠诗次韵 ……………………………… 001

沈嘉客　一首
增挽顾宁人句 ………………………………………… 002

王　潢　一首
送顾宁人之吴兴（亦作《送顾宁人之苕上》）……… 003

史可程　七首
赠宁人社翁 …………………………………………… 003
奉答宁人先生旅居平阳见怀之作 …………………… 004
太原喜晤宁人先生赋赠四首 ………………………… 005
宁人盟长答余诗 ……………………………………… 005

周龙藻　一首
读顾亭林先生遗书一百韵 …………………………… 006

黄师正　五首
怀宁人客燕 …………………………………………… 011
宁人道兄归自燕出示近作 …………………………… 012

奉酬宁人广陵客舍见赠之作 …………………………………… 012

朱鹤龄　二首

岁暮杂诗六首（其三） ………………………………………… 013

岁暮杂诗六首（其五） ………………………………………… 013

程先贞　七首

顾亭林从大同来暂过东昌 ……………………………………… 014

谢亭林先生为余序诗二律 ……………………………………… 015

再次酬亭林先生将适山右 ……………………………………… 015

答亭林留别赴山右 ……………………………………………… 016

陪宁人先生过苏禄国东王墓，地近白草洼，李景隆十二连城在焉
……………………………………………………………………… 016

傅　山　三首

为李天生作十首（其八） ……………………………………… 017

晤言宁人先生还村途中叹息有诗 ……………………………… 017

复惠佳什再如赐韵 ……………………………………………… 017

刘泽溥　一首

恭祝亭林先生 …………………………………………………… 018

王秉乘　一首

偶来云中曹夫子署中，得见亭林顾先生，敬成俚言求正 …… 019

张曾庆　一首

呈宁翁先生 ……………………………………………………… 021

徐　夜　四首

顾宁人见过草堂得张元明手书 ………………………………… 022

九日得顾宁人书（又名《九日约宁人游黄山不果》） ……… 023

柬顾亭林先生 …………………………………… 023
　　济南赠宁人先生 ………………………………… 023

钱澄之　一首
　　寄怀白门旧游又二十四首（其十七）………… 024

归　庄　八首
　　顾秀才见访村居，属余他往，归后却寄名绛，字宁人 … 025
　　宁人东来赋此即寄 ……………………………… 025
　　寄怀顾宁人 ……………………………………… 025
　　戏赠顾宁人 ……………………………………… 026
　　次韵答顾宁人 …………………………………… 026
　　中秋前十日，淮浦送顾宁人归吴 ……………… 026
　　顾宁人去冬寄诗次韵答之 ……………………… 027

曹　溶　九首
　　送顾宁人入都 …………………………………… 028
　　用宁人韵赠耀寰 ………………………………… 029
　　得宁人书寄汉唐碑刻至 ………………………… 029
　　答顾宁人 ………………………………………… 030
　　怀顾宁人游秦二首 ……………………………… 031
　　送顾宁人游五台 ………………………………… 031
　　寄顾宁人都下 …………………………………… 032
　　哀顾宁人殁于华阴 ……………………………… 032

卫　蒿　一首
　　次亭林先生见赠之作 …………………………… 033

奚 涛 一首
送顾宁人之金陵 …………………………………… 034

戴 笠 一首
赠顾宁人 ……………………………………………… 035

俞汝言 一首
二子篇贻顾宁人李天生 ……………………………… 035

陈上年 二首
赋送宁人先生 ………………………………………… 037

葛 芝 一首
顾宁人见寄辞家二律次韵酬之 ……………………… 038

释尝明 一首
读蒋山佣元日谒陵诗感而有作 ……………………… 039

施 谭 二首
送宁人 ………………………………………………… 039
怀宁人 ………………………………………………… 040

柴绍炳 一首
赠宁人道兄 …………………………………………… 040

陈济生 一首
送顾宁人还钟山因寄金陵诸友 ……………………… 041

陈芳绩 四首
秋日怀涂中先生 ……………………………………… 042

施闰章 四首
奉怀宁人社兄 ………………………………………… 043
寄顾宁人 ……………………………………………… 043

都下得亭林先生见寄书奉怀（又名《顾宁人关中书至》）… 044

王 仍 一首
同力田过宁人寓 … 045

刘在中 一首
宁人先生赠诗为先君子表章忠节，敬成一律奉谢 … 045

顾 湄 四首
寄族叔亭林先生 … 046

王弘撰 九首
哭亭林先生六首 … 047
再过亭林先生墓下作 … 048
三过亭林先生墓下作 … 049

张彦之 一首
赠蒋山佣 … 050

陈仲达 一首
送顾宁人之金陵 … 051

杜 濬 一首
庚子季秋赠别顾宁人社兄之会稽 … 051

陈 正 三首
赋呈宁人先生 … 052
寄亭林先生二首 … 052

吕章成 二首
答亭林移书见存 … 053
读亭林谒陵诗 … 053

李　源　一首
　　雪霁霖瞻宅陪饮即席赋呈亭林先生 ……………………… 054

汤　濩　一首
　　怀顾宁人 ……………………………………………………… 055

王　炜　三首
　　赠宁人 ………………………………………………………… 055
　　秋日怀宁人道长先生 ………………………………………… 056
　　得宁人书知在金陵奉寄 ……………………………………… 056

刘　肃　一首
　　恭赠亭林先生 ………………………………………………… 057

潘柽章　四首
　　和宁人过安平君祠 …………………………………………… 058
　　送宁人北游 …………………………………………………… 058
　　赠宁人 ………………………………………………………… 059
　　和张洮侯赠蒋山佣之作 ……………………………………… 059

王士禄　一首
　　赠宁人先生 …………………………………………………… 060

赵劻鼎　一首
　　送宁人先生 …………………………………………………… 060

陈赤衷　二首
　　送亭林先生二首 ……………………………………………… 061

杨端本　四首
　　奉祝亭林先生四首 …………………………………………… 062

朱彝尊 二首
- 点绛唇·九日同顾宁人、陆翼王登孙氏石台,赋呈退翁少宰 … 063
- 集句题浙江省杭州西湖敷文书院移赠亭林祁县书屋 …… 064

屈大均 九首
- 送宁人先生之云中即大同府兼简曹侍郎 …………… 065
- 又送宁人先生 …………………………………… 066
- 哭顾亭林处士 …………………………………… 066
- 哭顾征君宁人炎武 ……………………………… 066

马鸣銮 二首
- 咏慈仁寺松 ……………………………………… 067
- 都中慈仁寺赠别亭林先生 ………………………… 069

徐乾学 一首
- 怀舅氏 …………………………………………… 070

宋振麟 一首
- 亭林先生税驾长源里第喜而有作 ………………… 070

归庄 戴笠 王仍 潘柽章 一首
- 丁酉腊月八日在韭溪草堂奉怀宁人道兄联句三十二韵 …… 071

李因笃 十五首
- 雁门邸中值宁人先生初度,制二十韵以代洗爵 …… 073
- 寄赠顾亭林先生四绝句 …………………………… 074
- 咏怀五百字奉亭林先生 …………………………… 075
- 三月十二日有事于攒宫同顾征士炎武赋用来字 …… 077
- 答顾征君保州见怀之作用来韵 …………………… 078
- 讲易毕奉谢宁人先生 ……………………………… 078

春日得宁人书敬佩韦弦辄酬短句 …………………… 079
长至后得宁人中秋历下贻书并赠诗奉答 ………… 079
亭林先生尊兄自秋适晋，初冬得书知病新起，且惊且喜，阻雪及腊始专一走往候，寄诗五章 ………………… 080
旧年宁人以无妄系济南，走书报余，辄驰往视之。既而余以疾作还里，承寄赠行三十韵，今春相见保州，重会蓟门，奉答前诗广二十韵 ……………………………………………… 081
哭顾亭林先生诗一百韵 …………………………… 083

唐孙华　一首
读顾亭林集二十四韵 ……………………………… 088

孙宝桐　一首
都门送宁人先生之永平 …………………………… 090

王　撼　二首
居庸关次顾亭林先生韵二首 ……………………… 091

郁　植　四首
呈母姨夫亭林先生四首 …………………………… 092

李良年　二首
九友诗天未寡谐，追念畴昔，倚烛作诗。烛尽数之，得九章，未竟吾友也 ……………………………………… 093
怀顾宁人处士 ……………………………………… 093

吕兆麟　一首
哭亭林先生（壬戌康熙二十一年） ……………… 094

万　言　一首
留别亭林先生 ……………………………………… 095

毛今凤　三首
　　赠茂引世兄亭林嗣子衍生 ········· 095
　　奉别宁人先生 ················· 096
　　恭呈顾老夫子 ················· 096

陈廷敬　一首
　　读顾亭林先生日知录是潘次耕刻于闽中者却赠 ······ 097

沈三曾　一首
　　奉送宁人先生之山右 ············ 098

颜光敏　二首
　　送朱锡鬯之济南在抚军署 ········· 098
　　怀顾宁人先生 ················· 099

潘　耒　四首
　　己酉冬暮，自淮阴抵平原谒宁翁先生，敬述长律六十韵 ···· 099
　　上亭林夫子 ··················· 102
　　送李天生还关中 ················ 103
　　访顾亭林先生遗书不得 ··········· 106

刘献廷　一首
　　题潜籁轩和韵 ················· 106

刘中柱　一首
　　徐健庵夫子召饮梨花下即席同纪柏子朱锡鬯汪蛟门顾宁人严荪友 ······ 107

汪士鋐　二首
　　梦顾亭林先生二首 ·············· 108

吴　暻　一首
　　题顾亭林遗集和汪安公编修 …………………………………… 109

徐昇初　一首
　　读亭林集 …………………………………………………………… 110

范　鹏　一首
　　写黄氏日钞作 ……………………………………………………… 111

朱景英　一首
　　酬友人三首（其二）………………………………………………… 111

先　著　一首
　　杂诗八十二首用阮公咏怀韵（其七十四）………………………… 112

周思兼　一首
　　题顾亭林先生小像 ………………………………………………… 113

胡　焯　一首
　　张石舟与何子贞既构顾先生祠，刻亭林年谱成因得睹。蔡小石司业家藏万年少秋江别思图，图作以赠亭林者也。石舟与子贞各摹其画及识语并程氏易畴题跋装为卷，石舟手书亭林赠万举人诗，又所作次顾韵题此图诗补成顾祠秋祭诗并录于卷，属赋诗得五言一首 …………………………………………………… 114

孙　崙　一首
　　拜顾宁人先生墓 …………………………………………………… 116

诸世器　一首
　　拜亭林先生墓 ……………………………………………………… 116

戚种言　一首
　　秋柳用顾宁人韵 …………………………………………………… 118

戚珵 一首
避地东村,有自淮阴来者,投余一缄,乃昆山顾宁人先生所寄,内附亡友徐存永书,盖存永死已五年,此书随先生自中土历塞外,出入万里,又复数年,今始及见。见不忍读,读不忍尽,日月□几何,而存亡之感系之矣。因泣题纸背,幽质存永明,答亭林先生 …………………………………… 118

韩是升 一首
梦谒顾亭林先生墓,得句云"芒鞋踏遍七州土,竹杖横挑四岳云"。九州历其七,五岳登其四,先生语也。醒时记忆遂足成之 …………………………………… 119

洪亮吉 二首
昆山访亭林草堂及传是楼故址 ………… 120
题湖南省衡阳湘西草堂(王船山祠) ………… 120

赵怀玉 一首
二老吟·昆山顾炎武 ………………… 121

法式善 一首
访煦斋侍郎于乐贤堂,长话语及顾宁人郡国利病书,劝煦斋购之 …………………………………… 122

王学浩 三首
顾宁人先生画像赞 ………………… 123
题亭林先生遗像二首 ……………… 123

石韫玉 五首
题顾亭林先生遗像卷 ……………… 124
顾宁人 …………………………… 125

李富孙　一首
　　读国初诸公文集成断句十二首（其三） ………… 126

斌　良　一首
　　晚抵南口（其三） …………………………………… 126

陈文述　一首
　　题顾亭林先生像 ……………………………………… 127

车持谦　一联
　　为拟在钟山建亭林祠堂撰联 ………………………… 128

宋翔凤　二首
　　赠周信之中孚 ………………………………………… 128
　　题周中孚亭林先生年谱后 …………………………… 130

李以峙　一首
　　题顾亭林先生遗像 …………………………………… 131

张昌衢　一首
　　访顾亭林故居 ………………………………………… 132

赵本扬　二首
　　华麓访顾亭林先生读书故址 ………………………… 132

钱仪吉　一首
　　亭林先生小像 ………………………………………… 133

苗夔　二首
　　壬子秋九月初三日，同人集亭林祠公钱子贞同年视学西蜀，愚不
　　　能无诗，因为句云 ………………………………… 134
　　读段氏说文解字，注心部德字下，知徐楚金系传吴中顾氏黄氏各有
　　　影钞北宋之本，不禁神往 ………………………… 134

王荫槐　一首
　　昆山过顾亭林先生故里 …………………………………… 135

王省山　四首
　　题亭林先生像 ……………………………………………… 136

潘道根　三首
　　读吴止猗所辑亭林年谱有感 ……………………………… 137
　　题顾亭林先生遗像二十二韵 ……………………………… 138
　　题顾亭林先生像 …………………………………………… 139

张潜之　一首
　　怀亭林先生 ………………………………………………… 140

陆　嵩　一首
　　题顾亭林先生遗像 ………………………………………… 141

宗稷辰　一首
　　顾祠听雨图 ………………………………………………… 142

祁寯藻　六首
　　顾祠听雨图为王子梅鸿题并序二首 ……………………… 142
　　苗先路读段氏说文解字，注心部德字下，知徐楚金系传姑苏黄氏、
　　　顾氏各有影钞北宋足本，假观之愿形诸咏叹，可谓勤已次答，以
　　　志同好 ……………………………………………………… 143
　　万道人寿祺为顾亭林先生写秋江别思小幅并自记，卷尾有程氏瑶
　　　田两跋，张石州重摹，其嗣孝瞻持赠侄孙友直展卷，慨然因为
　　　题后 ………………………………………………………… 144
　　次韵宗涤甫顾祠修禊 ……………………………………… 144
　　万道人赠亭林秋江别思图，藏润臣家，卷末有石州诗，注云：子贞

　　　　手摹置之顾祠，今摹本已展转流传吾乡矣，题句记之 … 145

陈庆镛　一首
　　顾祠雅集图为孔拔萃宪庚 …………………………… 146

汪　㬢　一首
　　顾祠听雨图 ………………………………………………… 148

何绍基　五首
　　顾先生祠诗 ………………………………………………… 149
　　怀都中友人（其二十三）………………………………… 151
　　丁巳闰夏二十有八日，集祠中，祝先生生日也。来会者祁春浦相国年丈，张诗舲少宰师，何子贞学使，朱伯韩观察，叶润臣、孔绣山两阁读，符南樵孝廉。未至者王少鹤也。子贞诗先成，和韵纪事
　　　　……………………………………………………………… 152
　　丁巳仲春题于历下城南寓斋。时余将入都，故有末句 … 152
　　顾祠秋祭日，陈颂南、王子怀、苗仙露、冯鲁川、潘季玉、杨湘云、何愿船、孔绣山公饯于云深松老之庐，夜归得黎月乔送行诗次韵奉答并留别诸君子 ………………………………… 153

曹楙坚　一首
　　题孔经之宪庚顾祠雅集图即送归山左 ………………… 154

孔宪彝　一首
　　顾祠听雨图 ………………………………………………… 155

孙福清　一首
　　往岁嘉平月十九，群仙同祝坡公寿（甲寅十二月坡公诞日。陶凫香、张诗舲两侍郎，叶润臣阁读，钱萍矼京卿张海门太史诸君同集王少鹤农部斋）………………………………… 156

李　祥　一首
　　朝天宫谒顾亭林先生祠 …………………………… 158

王　鹄　二首
　　顾祠听雨图记 …………………………………… 158

王　鈐　一首
　　秋柳用顾宁人先生原韵 …………………………… 159

汪士铎　一首
　　和杜怀古（其五）………………………………… 160

朱　琦　五首
　　顾祠听雨图 ……………………………………… 161

林昌彝　一首
　　论诗一百又五首（其一）………………………… 162

张金镛　一首
　　读亭林山人诗 …………………………………… 162

鲁一同　一首
　　四月三日同人祀顾亭林先生于报国寺遂为展禊之会赋五十韵
　　　………………………………………………… 163

朴珪寿　一首
　　辛酉暮春二十有八日，与沈仲复秉成、董研秋文焕两翰林，王定甫拯农部，黄翔云云鹄、王霞举轩两库部，同谒亭林先生祠，会饮慈仁寺。时冯鲁川志沂将赴庐州知府之行，自热河未还。后数日追至，又饮仲复书楼，聊以一诗呈诸君求和，篇中有三数字叠韵，敢据亭林先生语，不以为拘云（片断）………… 166

张　穆　二首
题万年少秋江别思卷子即用亭林赠万诗韵。此卷初归休宁程孟嘉，让堂老人为作跋，后归莱太仆友石年丈。丁未冬，太仆长君小石司业（见张穆所撰亭林年谱）载有此谱，出卷索题，子贞同年手摹一本，将置之亭林祠堂，又以韵和之，以应小石之嘱。时大寒节后二日也 …… 168

丁未九日顾祠秋禊图得燕字戊申元日补作 …… 170

蒋敦复　一首
题明季诸人遗诗后 …… 172

潘曾绶　三首
顾祠听雨图 …… 172

张曦照　一首
顾祠听雨图 …… 173

莫友芝　一首
舟中望昆山 …… 174

曾国藩　一首
丙午初冬寓居报国寺赋诗五首（其四） …… 175

叶名沣　十一首
访顾亭林先生故居 …… 176

慈仁寺重修顾亭林先生祠，同人于九日举行秋祭醵饮 …… 176

闰月二十八日，王子梅招集慈仁寺，何子贞作诗纪事，因次其韵亭林先生生辰为五月二十八日，每岁设祭祠中，名沣必与焉 …… 177

三月三日顾先生祠致祭集饮 …… 177

三月十二日同人至大慈仁寺集顾亭林先生祠感而有作 …… 178

四月三日雨后慈仁寺顾祠展禊同集者凡十有九人 ………… 179
题孔经之宪庚顾祠图册每岁顾亭林先生生日,同人设祀祠中。今年五月二十八日至者十八人,经之与焉。祠在慈仁寺侧,先生旧居地也 …………… 179
顾祠听雨词 ………………………… 180
七月十五日载酒至慈仁寺饬办素食与汪仲穆、孔绣山两君议重修顾亭林先生祠 …………… 180
九日集慈仁寺顾亭林先生祠即事 ………… 181
都下慈仁寺有顾亭林先生祠,每岁春秋禊及先生生日致祭,余皆与其事。夏初将出都,适同人展禊事为余设饯,固辞未赴,望远有怀 ……………………… 181

周寿昌　四首

题顾祠修禊图 ……………………… 182

王　拯　一首

丙辰夏日偶游慈仁寺,谒顾祠,忽见垣宇就颓,不胜感喟。适孔绣山同年丈持了梅先生此图索题,不禁走笔,拉杂成此,书呈大教（又名《绣山属为王子梅题顾祠听雨图书感》） ………… 183

张逢壬　一首

顾祠听雨图 ………………………… 186

陈克家　一首

章丘怀顾亭林先生 ………………… 186

孔宪毂　一首

顾祠听雨图 ………………………… 187

金葆桢 一首
北雅楼论诗新咏一百首［又名《论诗绝句》（其一）］……… 189

徐 储 一首
过曲沃宜园废址怀顾宁人先生 …………………………… 189

谢章铤 一首
谒顾先生祠 ………………………………………………… 190

许国年 一首
慈仁寺谒顾亭林先生祠 …………………………………… 191

锡 缜 一首
城南以九日祭顾亭林先生为诗酒之会汪重穆孝廉东游之不果往作
    诗呈诸君子得九字三十四韵 ………………………… 191

黄彭年 三首 ………………………………………………… 193

吴大廷 一首
题顾亭林先生诗集后 ……………………………………… 194

沧浪亭五百名贤碑刻 一首
顾炎武像赞语 ……………………………………………… 195

许其光 一首
鲍子年属秦谊亭王小铁各绘一图，乞同人题咏，不揣固陋，先录于
    卷以就正焉 …………………………………………… 195

翁同龢 四首
和孙毓汶赠诗 ……………………………………………… 196
摹万年少赠顾亭林渡江图 ………………………………… 197
再题渡江图次祁公韵 ……………………………………… 198

施补华　二首
　　慈仁寺谒顾亭林先生祠 …………………………… 199

陈作霖　一首
　　论国朝古文绝句二十首（其九） ………………… 200

张之洞　二首
　　新春二日独游慈仁寺谒顾祠 ……………………… 200
　　哀旧人 ……………………………………………… 201

朱绍成　三首
　　送顾乡贤崇祀文庙恭纪二律 ……………………… 202
　　咏亭林先生遗履一只 ……………………………… 203

王先谦　一首
　　顾亭林 ……………………………………………… 203

万立钧　一首
　　顾亭林墓前诗碑 …………………………………… 204

谭　莹　一首
　　偶检阅架上明人诗，漫赋录十四首（其十三）… 205

缪荃孙　一首
　　重建千墩亭林祠 …………………………………… 205

何家琪　一首
　　读顾亭林先生书感而有作 ………………………… 206

王懿荣　一联
　　亭林祠抱柱联 ……………………………………… 207

谭宗浚　二首
　　顾亭林先生祠 ……………………………………… 208

袁 昶 四首
行经冶城有感 …………………………………… 208
偶书二绝 ………………………………………… 209
北游诗五章（其四） …………………………… 209

马彦森 一首
甲申江西学政陈宝琛奏请先儒黄宗羲、顾炎武从祀文庙，事下部议，予拟奏有云：世儒从语录入立讲学之名，其理学皆儒先之余绪，宗义炎武从经学入不立讲学之名，其理学接孔孟之真传，格于礼臣不果，上读两先生遗书为之太息，各系小诗以志景仰 …… 210

杨深秀 一首
祁子禾侍郎招祀顾亭林先生因嘱绘顾祠雅集图慨然有作 … 214

皮锡瑞 一首
读顾亭林先生诗 ………………………………… 215

陈 璧 二首
顾宁人自孝陵来作孝陵图兼示诸忠义传赋赠二律 …… 216

郭曾炘 一首
秋暑，索居案头，惟亭林南雷两家诗，时复展玩，各题一章（其一）
 ……………………………………………………… 217

陈 衍 一首
戏用上下平韵作论诗绝句三十首（其十） …… 218

王德森 二首
谒亭林先生祠题壁 ……………………………… 219
闻亭林、梨洲、船山三先生同时从祀孔子庙庭感而有作 …… 219

梁鼎芬　二联
　　为千墩亭林祠画像题联 ················· 220
　　为千墩王贞孝祠题联 ··················· 220

邱　樾　二首
　　昆山人物咏·顾炎武 ··················· 221
　　昆山人物咏·顾洪慎 ··················· 221

方　还　二联
　　昆山光复县衙对联 ····················· 222
　　得《天下郡国利病书》后抒怀 ··········· 222

秋　瑾　一联
　　顾炎武 ······························· 223

沈　砺　一首
　　昆山咏怀 ····························· 223

苏局仙　一首
　　怀念亭林先生 ························· 224

吴铁城　一联
　　挽胡石予联 ··························· 225

胡　适　一联
　　自题70岁寿联 ························· 225

吴　宓　一首
　　读顾亭林吴梅村诗集 ··················· 226

叶圣陶　一首
　　亭林先生诞生三百七十周年纪念 ········· 227

胡厥文 一首
　　匹夫篇 ································· 227

易君左 二首
　　结伴游昆山 ······························ 228
　　丙戌重九登高昆山怀顾亭林 ·············· 229

王蘧常 二联
　　题昆山亭林公园原顾炎武纪念馆中堂 ······· 230
　　再题昆山亭林公园顾炎武纪念馆中堂 ······· 230

佚　名 一首
　　咏亭林 ·································· 231

顾毓琇 一首
　　谒亭林先生墓（用张祜韵）················ 231

徐承谟 一首
　　读亭林《郡县论》························ 232

高坚白 一首
　　缅怀昆山顾炎武先生 ······················ 233

淡　然 一首
　　丁亥夏月步锡山顾一樵先生谒亭林先生墓原韵 ······ 233

孙功炎 一首
　　亭林先生诞辰三百七十周年恭赋 ············ 234

冯英子 二联
　　亭林园门前大牌坊南面题联 ················ 234
　　亭林园门前大牌坊北面题联 ················ 235

陈次园　一首
亭林先生诞生三百七十周年纪念恭赋（1983年） …………… 235

孙　常　一首
亭林先生诞辰三百七十周年恭赋 ……………………… 236

周汝昌　一首
亭林先生 ……………………………………………… 237

杨友仁　四首
与兆源同志归故里，瞻仰顾亭林先生纪念馆，赋次志敬 …… 237

吴其康　四首
清明扫亭林先生墓 ……………………………………… 239

程羽白　二首
读顾炎武《天下郡国利病书》有感 …………………… 240

蒋志南　八首
访顾亭林故居 ………………………………………… 241
席间即兴 ……………………………………………… 241
赞顾亭林先生——为纪念亭林先生诞辰400周年而作 …… 241
咏顾炎武北游集句五首 ………………………………… 242

郭文炳　一首
参观昆山市顾炎武纪念馆 ……………………………… 243

鲁德俊　一首
瞻仰顾炎武纪念馆 ……………………………………… 244

徐永明　三首
清平乐·顾亭林先生墓前 ……………………………… 244
纪念亭林先生绝句二首 ………………………………… 245

吕传龙 一首
无 题 ………………………………………… 246

陈兆弘 一首
顾亭林（弹词开篇）………………………… 247

顾雨时 一首
亭林先生四百周年祭文 ……………………… 249

李树喜 一首
纪念顾炎武诞辰400周年 …………………… 250

赵京战 一首
顾炎武故居 …………………………………… 251

郭志昌 二首
亭林先生归葬千墩 …………………………… 252
亭林先生《日知录》 ………………………… 252

许苏民 一首
诗咏亭林先生 ………………………………… 253

宋彩霞 一首
临江仙·谒顾炎武故居 ……………………… 254

俞建良 二首
贺顾亭林纪念馆落成 ………………………… 255
七言联句 ……………………………………… 255

郭鸿森 四首
题顾炎武纪念馆 ……………………………… 256
咏顾炎武 ……………………………………… 256
吊亭林先生墓 ………………………………… 256

访顾炎武故居感怀 ………………………………… 257

张程远　六首
　　咏亭林 …………………………………………… 258

霍文才　一联 …………………………………… 259

王小龙　一首
　　题丁酉年亭林诞辰纪念日会祭 ………………… 260

昆山市人民政府、千灯镇人民政府　一首
　　顾炎武诞辰400周年公祭仪式祭文 …………… 262

杨逸民　三首
　　读顾炎武诗感赋三绝句 ………………………… 263

姜玉峰　一首
　　灯火——顾炎武诞辰四百周年作 ……………… 264

林　峰　一首
　　谒顾炎武故居 …………………………………… 264

钟永新　二首
　　北京顾炎武祠旧址感怀 ………………………… 265

后　记
　　………………………………………………… 266

林古度 一首

奉答宁人先生赠诗次韵

夙闻圣人言,老者曰安之。
今世无圣人,久已弛四维。
布内非不欲,有司非其时。
予也每自省,平生生莫治。
未能即仙去,学彼丁令威。
踯躅尘市中,尝为俗所嗤。
幸遇顾夫子,错爱赐温辞。
有若古贤哲,恍尔是天随。
忘形出至性,过从淮水湄。
箧中寡庸言,著述颇累累。
最要北游草,览之不胜披。
笔墨类容貌,端然忠义姿。
谒拜十三陵,以史而讬诗。
直是纪朝代,切志兴兹衰。
旋当建功业,勿谓俟将来。
老少不足论,儒雅真吾师。
滔滔者斯世,赖有救予遗。
龙马与凤鸟,出图而来仪。

林古度(1580—1666),字茂之,号那子,福清人。孝廉章子。诗文名重一时,不求仕进,游学金陵,与曹学佺、王士禛友善。明亡,家产尽失,乃卜居于真珠桥南陋巷窟门,以遗民自居,时人称之为"东南硕魁"。晚年穷困,目盲,寓居江宁。诗皆清绮婉丽。晚岁与王士禛唱和,每集名士,泛舟红桥。85岁时,王士禛亲为撰杖。其诗由王选为《茂之诗选》两卷,又著有赋一卷,并有《清史列传》行于世。作此诗时已81岁。

沈嘉客

增挽顾宁人句

今从何处访遗民,止有甘陵部下人。
久矣泥涂嗟绛县,暂将渔钓老河滨。
风吹元亮篱边菊,雨垫林宗郭外申。
好向耆英传里觅,饮味独抱一方春。

《西溪先生文集》卷四

沈嘉客(1590—1672),字无谋,自称"西溪病叟",人称"西溪先生"。河间故城人,居郑口,性孤迥,有洁癖。仅为一拔贡。家贫,常借书读。骑驴远游,历梁宋,涉淮泗,过白下,抵金阊,抵长江边。结交名士,以诗相唱和,与孙奇逢尤善。中年作闭关疏,送客不出篱落。一亩之宫,花竹清深,图书充牣。县令至,必式庐,复其徭役。

王潢 一首

送顾宁人之吴兴
（亦作《送顾宁人之苕上》）

良史才名不可删，皇天命尔试诸艰。
休言六代轹颜谢，直取三长驾马班。
灿灿春华荣槁木，煌煌夏鼎烛神奸。
□成自誓苕溪水，一片凡心告蒋山。

王潢（1599—1675以后），字元倬，上元人。父之藩，慷慨好义，潢能色养。崇祯丙子（1636）举于乡。先是，户部郎中倪笃之荐于朝，以贤良征，不就。居金陵东门外。方文有诗句"南中高士多，元倬为第一"。1656年亭林寓金陵，尝与同谐孝陵行香，游栅洪桥。顾炎武称其诗"深婉和挚，不失三百篇温柔敦厚之旨"。念世乱亲老，赋《南陔》诗以见志。著有《南陔集》。

史可程 七首

赠宁人社翁

儒术方趋贱，吾道竟安如。

黎首濛濛动，乾坤岂遂虚。

宗传留一线，群喙竞鸣余。

所以古哲人，皇皇晚著书。

客游与子亲，立谈愧我疏。

凌寒孤出塞，济汾更需车。

玄览搜星岳，夙志鄙众鱼。

文字经讨论，犁然复皇初。

筹时扩大猷，嚼乎管晏除。

愿弘无猝获，行迈日劳劬。

伊余伤老大，得子心神舒。

乘风寄远音，振策自踌躇。

奉答宁人先生旅居平阳见怀之作

西去怜君似转蓬，传来尺素到墙东。

旷怀晋国云山远，回首吴门烟水空。

世局频劳悲失马，天涯漫遣慕冥鸿。

王孙何事归犹未，芳草萋萋满旧丛。

怀古遥应处处同，青鞋布袜御长风。

犹闻采蕨思殷社，漫道歌薰入舜宫。

山色千重遮冀北，河流万里下蒲东。

看君行迈劬劳甚，庑下谁知五噫鸿。

太原喜晤宁人先生赋赠四首

翰墨遥传十载余,却怜边郡识君初。
空山羸马西风路,竹笈双驼万卷书。

门掩高槐旅舍幽,怪来细字写蝇头。
中原遍作名山记,说到昌平必泪流。

孤剑初从塞北还,闻君处处有跻攀。
并州一路俱云水,千里题诗到华山。

见君已是白头时,尘世茫茫问所之。
我自归来甘闭户,相思频展扇头诗。

宁人盟长答余诗

宁人盟长答余诗:"云愿君无受惠,受惠难负荷。愿君无倦游,倦游意蹉跎。物老则息游,何可长耶?受惠难负荷,君子哉言乎。载赓一章寄谢。"宁人知不我遐弃也。

孔说七十二,墨突不至黔。

所由涂已广，利己一何廉。

廓然观天道，阴符教我严。

受命为孤蓬，乘风未得淹。

饥来四方走，避惠如避钳。

偶至逢人喜，事过心愈阽。

束舟向皎日，安得以影潜。

幸有同心侣，隐言无苟甜。

展读未及终，汗浃敝衣霑。

白藏适当令，羁怀属惔惔。

资世何必多，俭德足自占。

跽承仁者赠，拜手想三缄。

史可程（约1603—约1680），字赤豹，大兴人。史可法堂弟，明末政治人物，崇祯十六年（1643）进士，改庶吉士。国变时，先降李自成，后降清廷。弘光帝着其回家侍奉老母，先住南京，后移居宜兴四十年，与诸位明遗民交好。顾炎武与他有诗作来往，并予谅解。有《浮叟诗集》。

周龙藻 一首

读顾亭林先生遗书一百韵

经术治之本，与世共隆替。

故明中叶余，词林少根柢。
区区雕虫流，敦槃奉渠帅。
得华而丧实，有作徒琐碎。
卮言互剽裂，繁文纷组织。
持以备世用，千百无一二。
若非醇儒生，何由豁氛曀。
峨峨亭林公，犹幸灵光岿。
幼负颖异姿，万卷一览识。
孳孳老不倦，精力穷六艺。
惟汉有专门，家法代相继。
抵排起后来，厥学日芜秽。
拾沈象数亡，射覆春秋废。
脱简及徒诗，罣漏孰补缀。
仪礼束高阁，更新惊扫地。
咄哉教化湮，公然用儒戏。
举士习民风，转眼趋凋敝。
俯仰三百年，坠绪只身寄。
平生富学涉，妙在择其粹。
儒先遗训存，煌煌乂安系。
旨要胸中藏，触事具源委。
朴斫资丹臒，垣墉待涂墍。
片语切生民，动求长久利。

诗咏顾炎武

列史廿一家，俱传以经义。
铨选倡停年，魁柄诿胥吏。
赋重用不节，公私力并悴。
人才荒游谈，言行半骫骳。
营务耗虚名，册伍罕精锐。
苍茫河渠书，南北迭奔溃。
人心苟不平，潦水安得治。
居尝扼腕多，筹画寓深意。
长短尺度明，轻重权衡备。
斟酌今古间，缓急期有济。
傥能挟之出，太平其立致。
余波讨声韵，往往造超诣。
周沈尚拘牵，刘黄极乖剌。
溯洄三百篇，理准先河祭。
以此正唐音，悉珠联玉比。
再变而至道，阃奥信独契。
诗文最矜重，予夺慎所自。
山斗指韩公，辞诧谀墓费。
水火同救民，洞澈天人际。
上者扶名教，下者伸清议。
物性析莠苗，支派辨泾渭。
每当治乱防，反覆无畏避。

能于寸管端，斗极回元气。
所争国命关，岂供占毕计。
羽翼六艺传，历历听鼓吹。
下邑有愚夫，章句素自愧。
一朝睹遗书，篝镫读再四。
剿说与雷同，顿启重重蔽。
寒芒五曜曜，堪扫众星嚖。
因言以论人，益觉顽懦砺。
自飞翟泉鹅，乾坤忽鼎沸。
草泽饶英雄，一障惜未试。
白日堕虞渊，干戈遽内閧。
时无伐荻人，辜负报韩志。
释甲来两京，痛定余残泪。
愁绝孝陵图，感极昌平记。
荆凡孰亡存，回首迷濠泗。
矧乎丧乱频，邪正嗟倒植。
头角自支撑，奸豪反睥睨。
岸狱拜轩台，家国忧敢置。
飘零咒虎途，辙迹方迢递。
东海望波涛，西陲览形势。
世运苟可回，未缺囊底智。
叹息火井沈，衰焰嘘难炽。

诗咏顾炎武

自拟不其山，礼堂写文字。
志仁死则已，晓驾将安税。
晞发灵均游，裾耻侯门曳。
独于羁旅中，不妄谘利弊。
殷勤胞与怀，绝少优游岁。
妖谶讫龙蛇，一老天不遗。
结愿汉儒林，竟与阕川逝。
呜呼拨乱艰，数穷大道闭。
那无扶摇风，纵此垂天翅。
仲淹没隋代，贵与邅宋季。
玄经该且要，通考详且邃。
即今日知编，一经复一纬。
学易在庸言，无为虚渺滞。
考传在实事，无为传凿恣。
丧服补顾命，袭吉可无罟。
乐章订雅南，海淫可无累。
至于三礼修，口诵必躬肄。
民物遍整顿，何谢廊庙器。
土归乡举良，官须久任畀。
赋田九式平，简阅四郊萃。
导川各有宜，同文别以类。
经术快大行，风俗振古配。

安知公绪言,不迟身后慰。
吾屡失学久,与公生并世。
道路万里长,未获函丈侍。
顾未一得愚,颇慕穷经贵。
昔贤统系垂,私淑乃成例。
入室仗桓谭,尽发云亭秘。
嵩华自云高,著脚庶渐企。
身心肃斋祓,典籍严舆卫。
欲求秉穗登,功定深耕概。
谁谓驽骀庸,晞骥终非骥。
謦欬几席傍,恐惧一篑弃。

周龙藻(1604—?),字汉荀,号恒轩。贡生。周忠毅公后,学使者试士,辄冠其曹,名著大江南北间。以岁贡士终。艺林惋惜之。诗稿甚夥,所镌惟乐府三卷,诸体俱未寓目,故所收亦止在三卷中。有《恒轩诗集》十六卷。

黄师正 五首

怀宁人客燕

故都那可入,远览逞雄心。

陵庙风尘满，关河雨雪深。
寒驴歌出塞，倦鸟忆归林。
若遇荆高饮，倾囊好赠金。

燕昭曾筑馆，只为报齐仇。
君过金台下，能无故国忧？
霸才窥景略，义士访田畴。
望望龙文炯，留心过冀州。

宁人道兄归自燕出示近作

几年离索动相思，多在停云落月时。
访岳先成登岱记，入都争诵谒陵诗。
史迁历览文章古，季札观风缟纻宜。
独愧故人匏系久，天门日月未曾骑。

奉酬宁人广陵客舍见赠之作

落木淮南惜岁余，纸窗灯火伴离居。
云开睥睨过帆转，霜冷孤棱远磬疏。
此日依僧仍贳酒，从来为客不歌鱼。
山经水志关王略，岂为穷愁始著书。

异时忧患共艰难，何意今朝续旧欢。
激烈歌声知近楚，繁华风物故称刊。
关鸡拔剑中霄舞，走蠹摊书尽日看。
却笑为儒头欲白，与君冠敝不须弹。

黄师正（1606—1682），初名师正，晚易今名。字帅先，又字静宜，一名黄澄之，又一字波民。建阳人。初以布衣为史忠正上客，忠正殉国，以黄冠归故乡。后出游大江南北，钱谦益曾说过"黄帅先博学奇穷"。穷老无子，殁于扬州。同人醵金以殡。

朱鹤龄

岁暮杂诗六首（其三）

蕞残何事尚拳拳，编缉偏教疾病缠。
敝榻有缘同寄茧，清宵无梦到钧天。
勤看魄影依窗入，倦听钟声向枕传。
鼎鼎百年虚岁月，敢将述作比前贤？

岁暮杂诗六首（其五）

知交海内一亭林，避爵飘然太华阴。

久别芝颜成北客,时贻帐秘胜南金。

龙蛇厄至谁能赎,山水人亡遂绝音。

书种后来可得继,梦回枯眼泪霏霏。

《愚庵小集》卷五

朱鹤龄(1606—1683),字长孺,江苏吴江人。明诸生。颖敏好学,初专力辞赋,尝笺注杜甫、李商隐诗,故所作颇出入二家。入清,屏居著述,晨夕不辍,行不识途路,坐不知寒暑,人或谓之愚,遂自号愚庵。及与顾炎武友,思覃力于经学,颇有造诣。

程先贞 七首

顾亭林从大同来暂过东昌

一夕三年别,疏灯话旧游。

长征还带剑,远望欲登楼。

月落青山夜,云回紫塞秋。

故乡何处是?此地即并州。

吾道看如此,天涯去住难。

班荆留款坐,剪韭劝加餐。

暮雨吟蛩切,秋风落雁寒。

仲连台畔路,明日又漫漫。

《晚晴诗汇箑》卷十四

谢亭林先生为余序诗二律

羡尔才华冠友朋,寸心偏似玉壶冰。
周行中土三千里,恸哭先朝十四陵。
松尘玄言飞玉屑,竹冠白发见风棱。
我诗自问无奇句,偶得标题价欲增。

草堂暂住往来朋,妙手轰雷又造冰。
名字已忘同栗里,诗章频和似松陵。
携将紫塞云千叠,并玩清宵月半棱。
既出昌平山水记,一时气色焕然增。

再次酬亭林先生将适山右

小院空堂聚旧朋,一帘秋气冷于冰。
幽人自比陶彭泽,诗客浑如杜少陵。
灯烛清辉分粲粲,琵琶哀响拨棱棱。
明朝歧路君将远,未有绨袍为尔增。

答亭林留别赴山右

君是人间耐久朋,相看似玉复如冰。
云山历历过三晋,风雨潇潇望二陵。
簏底新书藏定本,匣中孤剑起寒棱。
秋光到处堪留赏,马上题诗日日增。

陪宁人先生过苏禄国东王墓,地近白草洿,李景隆十二连城在焉

万里遗魂滞此方,孤亭犹自焕奎章。
衣冠特觐中朝主,玉帛何殊异姓王。
月满苍松栖鹳雀,云连白草散牛羊。
无端极目生遥慨,十二城边古战场。

程先贞(1607—1673),字正夫,号葸庵,德州人。无书不读,尤专注于史学。与顾炎武以及同邑人李浃、李源、李涛亲密无间,结成挚交。因封建制度腐朽破败所引发的种种实难和痛苦而产生了总结以往惨痛教训、寻找出路的愿望。一生坚守志节,不食清廷俸禄。主张并履行"躬行实践,经世致用"的原则,反对脱离实际的学风。

傅　　山

为李天生作十首（其八）

南山塞天地，不屑小峰峦。
灌薄冥苍翠，神仙谢羽翰。
心原滂浩绰，胆岂大江寒。
何事亭林老，朝西拟筑坛。

晤言宁人先生还村途中叹息有诗

河山文物卷胡笳，落落黄尘载五车。
方外不娴新世界，眼中偏认旧年家。
乍惊白羽丹杨策，徐颔雕胡玉树花。
诗咏十朋江万里，阁吾伦笔似枯槎。

复惠佳什再如赐韵

好音无一字，文彩会贲岩。
正选高松坐，全忘小草镵。
天涯之子遇，真气不吾缄。
秘读朝陵记，臣躬汗浹衫。

傅山（1607—1684），思想家、书法家、医学家。字青竹，后改青主，太原人。推崇老庄之学，后加入道教，自称为老庄之徒，自觉继承道家学派的思想文化传统。对老庄的"道法自然"、"无为而治"、"泰初有无"、"隐而不隐"等命题，都做了认真的研究与阐发，对道家传统思想做了发展。顾炎武极服其志节。于学无所不通，经史之外，兼通先秦诸子，又长于书画医学。著有《霜红龛集》等。

刘泽溥 一首

恭祝亭林先生

古道谁堪任？儒修独有真。

果能勤澡浴，端可裕经纶。

洙泗源非远，唐虞治易新。

奈何时顿易，惟是志常伸。

淹雅文章贵，温恭气象纯。

澄江标练素，泰岱仰嶙峋。

设教思归鲁，知几遂入秦。

高风长遁世，化雨足生春。

尽力辞三聘，安心固一贫。

众争从正学，吾喜近仁人。

问字叨良晤，称觞乐令辰。

愿言康济事，信得绝埃尘。

刘泽溥（约1610—约1680），字润生，华州人，此诗作于顾炎武晚年客居华州时。

王秉乘 一首

偶来云中曹夫子署中，得见亭林顾先生，敬成俚言求正

大雅日陵替，芳规难遽陈。
古处毕明义，欻然见斯人。
砥□式金玉，扬马谁为邻？
有生阅灾变，落魄存一身。
矢志历九域，山川费讨询。
利弊若观火，缕析时谆谆。
风土及方言，传述独能真。
岂不惜心力，从兹拯沉沦。
遨游销日月，霜雪怡贱贫。
登岱见沧海，胸怀阔无垠。
西来陟华顶，爽气接秋旻。
关中富金石，搜罗讫汉秦。

蒲坂入首阳，吊古求其仁。
平水麓虞姑，肌肤或所亲。
沿汾上霍岳，有周留明禋。
太原没王气，清凉薄嶙岣。
雁门称要塞，颓坏空城闉。
东北尽山海，溯流环天津。
慷慨论成败，浪浪泪沾襟。
蓟门连天寿，陵寝生埃尘。
攀髯恨无由，徘徊增酸辛。
云烟护深曲，寂寥徒荆榛。
足迹之所到，笔札随屈伸。
孰不览胜迹，乃独求斯民。
使人味其书，词微文尤驯。
何必感愚顽，将以愧荐绅。
逝将抵恒山，云中且停轮。
吾师樵李杰，命世全其淳。
司徒出某藩，殚心惟拊循。
鸿雁渐已集，载息犹获薪。
开合得名贤，蹳座诚嘉宾。
甘雨作商霖，繁花次第新。
万柳绕亭高，毣毣渐长春。
忧时请太仓，活此辙中鳞。

公余澹无事，后园日饮醇。

小子燕竖儒，归曰念鲈莼。

学步咏出塞，惊眼觌凤麟。

合交信有时，不为疑者徇。

生平肝膈言，倾吐安能嗔。

筹策药石良，终久必见申。

性勿縻好爵，圣贤亦人臣。

征聘君已及，刀笔世所遵。

藏山非表异，同好托松筠。

王秉乘（约1610—约1680），河北大城人。曾参与过审理傅山案。清朝光绪九年（1883）《文水县志》中有他写的一首诗："白发禁新好，青樽异昔游。马槽警瘦骨，心计折前筹。文水流何细，媚山艳未收。署中明月下，烟雾隔东楼。"在"媚山艳未收"句下面有注："山下有武媚娘娘故里。"由此，史学家确认武则天的故乡是在西山脚下的古官道旁边。

张曾庆 一首

呈宁翁先生

闻道南州士，如翁迥绝伦。

台垣征聘切，客馆著书新。

琴啸华峰月，樽开渭水春。

龙门今始觏，剑履好相亲。

海岳遨游日，幽寻卧翠屏。

怀书藏华顶，挟策远朝廷。

世仰人伦鉴，天悬处士星。

山窗风雨夜，应有杖藜青。

张曾庆（约1610—约1680），字子余，华州东溪（今罗纹桥一带）人。清康熙年间，曾任翰林院检讨。告老还乡后，在老城东门内大街之北重建华山书院。

徐 夜 四首

顾宁人见过草堂得张元明手书

江南有客来荒陂，手持一缄兼致辞。

我闻整衣拜且展，中有故人书及诗。

九日得顾宁人书

（又名《九日约宁人游黄山不果》）

故国千年恨，他乡九日心。
山陵余涕泪，风雨罢登临。
异县传书远，经时怨别深。
陶潜篱下意，谁复续高吟？

柬顾亭林先生

惊喜相看问阿翁，少年连袂各头童。
家从十五年前别，身在三千里外同。
且注虫鱼潜砚北，任教车马过墙东。
乡关耆旧多萧索，阅历如公道未穷。

济南赠宁人先生

穷秋摇落此相寻，吴下才名众所钦。
一自驱车来北道，即今遗瑟操南音。
浯溪颂具元颜笔，楚泽悲同屈宋吟。
历览国风几万里，就中何处最伤心？

徐夜（1611—1683），初名元善，字长公，山东新城人。明诸生，入清不仕，纵游山水间。居东皋郑潢河上，掘门土室，绝迹城市。久乃出游，访林逋故居，登严光钓台，展谢翱墓，徘徊赋诗而返。有司将举应博学鸿词科，以疾辞。杜门不出。诗学韦陶，更似孟郊。王士禛尝索其稿不可得，乃就所藏为编缀百余篇，著有《东痴诗钞》。

钱澄之 首

寄怀白门旧游又二十四首（其十七）

忆别梅冈旧酒垆，怜君行脚海天孤。
性难合处原知僻，迹太奇时渐近愚。
为客久无颖士仆，随身惟有孝陵图。
白门相念瘫禅外，更见南陔老病夫。

钱澄之（1612—1693），初名秉镫，字饮光，一字幼光，晚号田间老人、西顽道人。桐城（今枞阳）人。崇祯时中秀才。南明桂王时，任翰林院庶吉士。王夫之推崇他"诗体整健"。与顾炎武、吴嘉纪并称江南三大遗民诗人，诗歌成就突出，著有《田间集》、《田间诗集》、《田间文集》、《藏山阁集》等。

归庄 八首

顾秀才见访村居,属余他往,归后却寄名绛,字宁人

蓬门萧瑟碧苔封,何自来过嘉客踪?
负米偶然入市去,遂无粗饭宽林宗。

宁人东来赋此即寄

同乡同学又同心,却少前贤唱和吟。
他日贡王今管鲍,不须文字见交深。

寄怀顾宁人

故人别去已三年,北望钟山信杳然。
破尽万金一身在,青齐飘泊又幽燕。

知君已谢鲁朱家,此去无烦广柳车。
城阙山河千古壮,可怜不是旧京华。

戏赠顾宁人

宁人于金陵纳姬,置之清江浦,至是姬得南归。

同心初绾在秦淮,孤寄清江音问乖。
虽异九秋婕妤怨,已如一月太常斋。
占熊从此欢无极,弋雁何妨老自偕。
不待王郎自迎接,西风今送入君怀。

次韵答顾宁人

风落蓬窗午梦醒,云山对案送遥青。
轻轩游览娱黄发,陋室周旋谢白丁。
乍觉鱼龙入夜静,不愁松柏到秋零。
山中猿鹤休相诮,扬子年年一草亭。

中秋前十日,淮浦送顾宁人归吴

两人先后客淮渍,萧瑟秋风又送君。
难计程途将访友,尚淹朝夕更论文。
广陵好破舟前浪,虎阜应穿屐底云。
贾舶北来知不少,德音莫惜慰离群!

顾宁人去冬寄诗次韵答之

中材涉末流，动即生尤悔。
祸机非一端，前年事几殆。
譬若无维楫，孤舟涉沧澥。
恬然卧舟中，旁人为震骇。
有口自须言，非过何由改。
皇天终爱材，涣然幸冰解。
忽闻吾友事，亦如涉大川。
迢迢三千里，惟闻道路言。
事起两相仇，客子宜得全。
但忧吾友性，迕怪终不悛。
远祸在人为，岂容独恃天。
此世宜敛迹，知我惟龙泉。
贞松挺高冈，芳兰被皋隰。
四皓老深山，贾生夭卑湿。
人生何必同，要在有所立。
近传我故人，株连竟囚絷。
情事不能悉，犹幸狱未急。
永叹愧良朋，救患非所及。
尺素从天来，乃在孟冬时。
开缄得新咏，朗吟步阶墀。

徐生从北还，亦多赞叹辞。
宠辱不曾惊，而目只如斯。
微闻谳狱者，此案在矜疑。
著书犹未就，不愿脱因累。
君诗古风调，应刘不能过。
惟恐贤诸侯，或以礼为罗。
将使江南产，有耀翻自他。
南皮名建安，兰亭著永和。
兴到不自禁，著述应更多。
故人在庐中，相望隔山河。

归庄（1613—1673），字尔礼，又字玄恭，号恒轩，昆山人。明末清初书画家、文学家。明代散文家归有光曾孙，书画篆刻家归昌世季子，明末诸生，与顾炎武相友善，有"归奇顾怪"之称。顺治二年（1645）在昆山起兵抗清，事败亡命，善草书、画竹，文章胎息深厚，诗多奇气。有《玄弓》、《恒轩》、《归玄恭文钞》、《归玄恭遗著》等传世。

曹溶 九首

送顾宁人入都

倚歌匹马渡桑干，笑著羊裘六月寒。

北望未酬知己泪，匣中风雨吊燕丹。

用宁人韵赠耀寰

杯中两见白登春，风榭同君岸角巾。
宫调幸传江左曲，莫将羌笛恼征人。

得宁人书寄汉唐碑刻至

圭璋席上珍，不乐处幽翳。
东游陟梁父，西与流沙际。
稽古见斯人，旷野独挥涕。
不逢故所欢，安救齿发敝。
曜灵感推迁，长绳莫能系。
跌荡车马间，史迁有遗制。
临文助豪雄，考索表孤寄。
知我嗜琳琅，穷搜到遥裔。
济上剥荒苔，孔林出深瘗。
龙蛇灿盈箱，仆夫走迢递。
重令齐鲁邦，菁华冠六艺。
斯篆俨云虬，扁刻或如蛎。
谁云野火焚，想像猝难继。

巍巍上圣傍，神□亦相俪。
末技苟成名，足以寿千世。
况秉大道枢，绚等日星丽。
及时当努力，撰述绍微系。
君子相勖勤，金石有潜契。

答顾宁人

北鄙寡同俦，中情正枯槁。
谬蓄四方略，救溺甚援嫂。
束缚无所施，空堂对衰草。
有美三吴杰，险要动探讨。
良马碧玉鞍，兴到踏丰镐。
燠土既经时，行李湿秋潦。
西南征调繁，万里赋纳藁。
囊有本务书，利病满怀抱。
采掇及细流，访我平城道。
艰辛戈戟间，匡坐说苍昊。
撞钟得洪音，大朴去纤缟。
汲古沃其根，枝叶倍姣好。
下视班张徒，炫目但虚藻。
是月凉露零，长边静杲杲。

旨酒偶一御,愁绪惄如捣。
岂无千金药,惰僻使人老。
外物衰真常,进德贵及早。
戢君肝胆言,瞑眩足相保。
自知良独难,民鉴以为考。

怀顾宁人游秦二首

子午关前月,君看八度圆。
定因朋好隔,不向酒炉眠。
节暖催人柳,心孤泣杜鹃。
西都新赋藁,驿使竟谁传?

怀贤宣室下,歇马灞陵东。
一洒兴亡泪,谁云道路穷?
冰霜曾梦草,秦汉几飞鸿。
归日论碑碣,英华满橐中。

送顾宁人游五台

银鞍新自晋祠来,香草清凉问古台。
断碣尚存宫篆湿,战兵初罢佛楼开。

雁飞秋转诸天静，虎窟冰深万籁哀。
礼斗峰前窥地胜，知君兼蓄济时才。

寄顾宁人都下

彩笔羞从里社操，褐衣积日帝台高。
眼中耆旧今谁在？陌上骅骝客自豪。
□□山深曾雨泣，永和春暮各霜毛。
亭成野史空留约，军幕无心倒浊醪。

哀顾宁人殁于华阴

朔风栗冽未曾停，吹落关南处士星。
车马未酬秦筑愤，文章足浣瘴云腥。
贞心慢世冰花洁，异物摧人鹓鸟灵。
幽魄故园招未得，只随华岳斗青荧。

曹溶（1613—1685），字秋岳，号倦圃、鉴躬，嘉兴人。明崇祯十年（1637）进士，官御史。尝劾辅臣谢升，又熊开元参周延儒遭廷杖，溶疏白其冤。清兵入北京后仕清，初授原官，起用河南道御史，任顺天学政，督学顺天，为清王朝献策，疏陈定官制，定屯田、盐法、钱法规制，禁兵丁将马践食田禾，巡缉土贼，平粜以裕仓储，设兵循徼等事，使无劫掠。

卫嵩 一首

次亭林先生见赠之作

神祖盛明际,艳煽方在旁。

坚冰虽未至,阴凝已履霜。

汉法戒不道,春秋谨无将。

乃有入幕客,开门赍盗粮。

挺击不可问,三字并封王。

红丸速殂落,移宫似昭阳。

椓人因窃柄,举国若皇皇。

英烈如先帝,无以救衰亡。

徒有殉国志,未造鸳鸯行。

性命全乱世,于理亦无妨。

读书期明善,敢惜鬓□苍。

著述追往迹,愿言依末光。

卫嵩(1613—约1686),初名麟贞,字瑞鸣,以哭母丧易今名字。字匪莪,曲沃人,华州尉宏嘉子。性至孝。读书能识道理。弱冠授知于督学袁继咸,与汾阳曹良直、太原傅山讲学"三立书院",秉德不回,以古道相期许。癸未、甲申间,负母避乱,授徒自给。继辟"绛山书院",倡明道学,以排异端,自任"执经",请业者屡满户外,人称"绛山先生"。著述甚富,皆本躬行心得。所著《四书答问》,学者宗之。曲沃建有"子朱子祠",以其配享。

奚涛

送顾宁人之金陵

一帆风送别离舟,弧矢由来志远游。
月照瓜洲寻古渡,潮冲铁瓮破新愁。
吴宫花草荒烟没,晋室衣冠落照收。
满目江山满目恨,劝君莫上景阳楼。

奚涛(约1613—1698),字沅山,原名冠,一字大蒙,其先有宗晟者,始居昆。崇祯五年(1632),补郡诸生,遭世多故,习射讲武,散千金产,欲有所为,巳而志不伸,遂弃儒冠,隐居渭塘,与四方任侠者游,日吟诗作画。诗出入"王孟高岑",画近倪瓒笔意。卒年八十六。

戴笠 一首

赠顾宁人

十年仰止玉山隅，闻道移家近帝都。
涕泪独陈天宝事，神灵长护孝陵图。
著书岁月供迟暮，许国肝肠叹绝无。
自悔不妨居庑下，海天相讯有吾徒。

戴笠（1614—1682），字耘野，吴江人，诸生。清兵入关后入秀峰山为僧，后还俗隐居于同里朱家港，以授徒著述自娱。熟悉明末史事，孜孜著述。土屋三间，炊烟时绝，而编纂不辍。潘未实出其门。历四十年撰成《流寇长编》十八卷。另著有《永陵传信录》、《行在阳秋》、《鲁春秋》、《发潜录》等。顾炎武对其为人及著作极为赞赏。

俞汝言 一首

二子篇贻顾宁人李天生

边郡诸侯谁好士，云中雁门称第一。
同开幕府向阴山，共脱貂裘礼宾客。
笳闲鼓卧烽息烟，尊罍楚楚屏筝瑟。

甲朝丙夜恣探论，如石投水胶在漆。
邺下梁园彼一时，安论轩车与遗佚。
就中宾客谁最奇？惟顾朱李无异辞。
朱十自小我好友，顾李未面神为驰。
关中博物因笃冠，操管滔滔濯江汉。
刘曹沈宋未足多，古词郁郁星辰烂。
东吴布衣顾炎武，山经星志指掌数。
古文穿穴鄙夹漈，冥搜碑版考石鼓。
好奇尚侠大略同，李诗顾笔同千古。
余来云中裔万里，贪与诸君共抵几。
谁知聚散自有时，南北东西不并履。
李生贻我怀古篇，朱生书尺尝蝉连。
游燕幸与顾子俱，我出顾入无后先。
均是山泽姿，并为诸侯友。
记程未尝隔千里，片席剧谈竟何有。
乃知造物甚相忌，合并从容亦难偶。
只今幕府一时歇，散去燕吴与秦粤。
此生宁有聚首期，各自孤眠对秋月。
不尔单父与吹台，高李杜陵俱异才。
啸歌今昔乾坤开，英雄奚必蒿莱。
二子相见定有日，麟游凤舞何时哉？

俞汝言（1614—1679），嘉兴人。复社成员。明亡后，积极参与抗清斗争，败后绝意仕途，守气节为遗民。魏禧来嘉兴访问他，彼此谈古论今，连续10天评论古今人物和治乱得失，深得魏禧钦佩。少孤家贫，好读书，出游四方，搜访典籍。回来后闭门著述。精熟诸史和明代掌故，著作极繁富，失明后，由他口授，别人笔记，才得以完成。

陈上年 二首

赋送宁人先生

同声隔岁赋离居，空谷跫然贲客车。
海岳还高司马辙，风尘益富子云书。
樽前烟雨饶相和，室里芝兰迥自如。
渭水吴门方驾久，更来彼美说三闾。

行行此日尚瞻乌，努力名山在远途。
楚璧不妨供独赏，衡门聊自慰潜夫。
白云故傍朋簪盍，明月谁教缟带孤。
比去秋山迟好会，传鱼早晚过中都。

陈上年（约1615—1677），字祺公，清苑人。顺治六年（1649）进士。授巩昌府推官，内迁兵部。顺治十六年（1659）出为泾固道。顺治十七年(1660)转任山西布政使司参议,管按察使司副使事,分巡雁平道。康熙六年(1667)裁缺归里。康熙十二年(1673)再被起用为广西分巡右江参议道。吴三桂反清,扣押巡抚傅弘烈,并威胁上年投降,上年不为所动。康熙十六年(1677)被幽絷而死,被列入《清史稿·忠义传》。

葛芝 一首

顾宁人见寄辞家二律次韵酬之

吾亦辞家欲浪游,萧然独驾五湖舟。
东临沧海千峰碧,夜渡钱塘万壑秋。
几处幽人为市卒,何方同调吊灵修。
风吹芦荻乌啼柳,疑是青门有故侯。

葛芝(1615—约1647),原名云芝,字瑞五,号龙仙,又号骑龙山人,后因晚年隐居之山形似卧龙,改号卧龙山人,昆山人。明末诸生。镞砺名行,书无不读。时娄东二张名闻天下,葛芝为张采婿、张溥高足,名重一时。国变后,弃诸生,潜心于学。焚香危坐,闭户谢客。工古文辞,著有《卧龙山人集》十四卷、《容膝居杂录》六卷。

释尝明 一首

读蒋山佣元日谒陵诗感而有作

高皇宫殿在山原,霜露凄清百草根。
一介儒生循故事,普天臣子愧深恩。
衣冠元日思班位,瞻拜当年想至尊。
自昔滥陪牺羪后,于今悉绝限都门。

释尝明(约1615—约1680),即故怀远侯常延龄。明大将常遇春后代,有贤行。崇祯十六年(1643),全楚沦陷,延龄请统京兵赴九江协守。又言江都有地名常家沙,族丁数千皆其始祖远裔,请鼓以忠义,练为亲兵。崇祯帝嘉之,不果行。南都诸勋戚多恣睢自肆,独延龄以守职称。国亡,身自灌园,萧然布衣终老。

施谭

送宁人

歧路悲难定,亡家剩短吟。
孤踪今去国,万死各伤心。
欲杀随人意,思家托鸟音。

平生重交结,谁复为挥金?

怀宁人

吁嗟蒋山佣,窜迹殊惨伤。
避仇不计身,朝吟暮佯狂。
入水慎风波,登山畏虎狼。
按剑未敢鸣,悽恻道路旁。
英雄尚千载,有用宁善藏。

施谭(约1615—?),字又王,长洲人,入惊隐诗社,有诗名。

柴绍炳

赠宁人道兄

之子吴中秀,薄游来西陵。
缟纻相献酬,丽泽资贤朋。
读书过刘向,识字比杨雄。
论著穷三古,大雅从兹兴。
小儒修边幅,夏虫难语冰。
尘尾动清飚,天地失炎蒸。

期牙千载后，落落谁知音？
往复揽玄契，浩然一拊膺。
晤歌图永夕，安得酒如渑。
尽言非尺素，投分庶足称。

柴绍炳（1616—1670），字虎臣，号省轩，仁和人。工诗文，下笔动辄数千言，人称"西陵体"，"西泠十子"（一名西陵十子）中最著名者。各门知识，无不精通。明亡，弃诸生，隐居南屏山，究心于音韵学。诏举博学鸿词，力辞不就。有《西湖赋》、《省轩文钞》、《诗钞》、《白石轩杂稿》、《考古类编》、《古韵通》、《省过记年录》及《家诚明理记》等。

陈济生 一首

送顾宁人还钟山因寄金陵诸友

钟山佳气郁神京，此日偏萦旅客情。
幸有诗篇同悱恻，独留图画见峥嵘。
千秋弓剑思皇祖，一代文章赖友生。
君是两都裁赋手，可能遗事续休明？

陈济生（1618—1665），长洲人，字皇士，号定叔，陈仁锡子。以荫历官至太仆寺丞,娶顾同应之女为妻,为顾炎武姐夫。北都陷,南还,著《再生纪》,仓促传闻,不尽实也。国变后辑《启祯两朝遗诗》,又命工传写《有明三百年忠臣义士像》,装潢成册。《为顾宁人征天下书籍启》的21位签名者之一。莱州黄培诗祸之狱,牵涉《启祯集》,因济生已殁,得不与祸。终年47岁,私谥节孝。

陈芳绩　四首

秋日怀涂中先生

故人蒙难去天涯,临别凄然对落花。
见说鸡鸣出函谷,而今谁是鲁朱家?

山东自古多男子,灉水从来一妇人。
莫漫将心托朋友,近时豪侠未全真。

九曲羊肠处处然,三营兔窟古称贤。
英雄不局方隅地,云雨蛟龙始上天。

参商两地一知心,怅望秋天鸿雁音。
把臂十年风雨夕,回思一度一沾襟。

陈芳绩（1618—？），字亮工，常熟人。崇祯末年，其祖父陈梅（鼎和）曾在语濂泾与顾炎武为邻五载，交往甚密。芳绩亦"游从有素"，《亭林文集》中有寄怀酬答诸诗记之，可见其学问盖有渊源。明亡之后，隐居不出，弃举子业，以教课为生。

施闰章　四首

奉怀宁人社兄

西泠别后兴何如？极目烽烟音信疏。
避地远游寒出塞，穷年独坐夜钞书。
洞庭山好家园在，陵寝诗传涕泪余。
此日惟君高卧得，江湖明月照离居。

寄顾宁人

西泠别后兴何如？五见花开音信疏。
避地远游寒出塞，穷年独坐夜钞书。
洞庭山好家园在，陵寝诗传涕泪余。
此日惟君高卧得，肯同冯铗叹无鱼。

都下得亭林先生见寄书奉怀
（又名《顾宁人关中书至》）

卜居从汗漫，作客古长安。

抗志遗民在，论交直道难。

辋川园里住，华岳掌边看。

尚有家山梦，应知关塞寒。

旧迹满西京，高谈就友生。

书曾搜鲁壁，诗已变秦声。

多难余身健，新编计日成。

别来头共白，望远不胜情。

注：《奉怀宁人社兄》与《寄顾宁人》均被收录在《顾炎武全集》中，差别仅在第二句和最后一句。

施闰章（1618—1683），字尚白，号愚山，又号蠖斋，江南宁国府宣城（今属安徽）县双里镇人。顺治己丑（1649）进士，授刑部主事，迁员外郎。诗与宋琬齐名，号称"南施北宋"。督学山左，转湖西道参议，以裁缺归，筑双溪草堂，与朋好吟咏为乐。康熙己未（1679）举博学鸿词，授侍讲，与修《明史》。典试河南，转侍读。其作品对清初的社会政治状况有所反映。著有《学馀堂诗文集》。1661年春夏之际，顾炎武与之相遇于杭州西湖，开与仕清官员往来之先例。

王仍 一首

同力田过宁人寓

此日江天晚,吴门送别时。
不堪将意气,苟且谢交知。
山水他乡迥,乾坤一棹移。
只今千里路,枫叶是相思。

王仍,明末清初诗人,生平事迹不详。

刘在中 一首

宁人先生赠诗为先君子表章忠节,敬成一律奉谢

彦先才誉渺无俦,忽出菰芦作远游。
归去应图山在壁,到来初识蜃为楼。
萧家纪事操三管,驺子雄谈隘九州。
更有表忠篇什在,缘君感激拊吴钩。

刘在中(约1620—约1680),清初诗人,生平事迹不详。有其吟

咏山东莱州的《寒同山》诗,广为流传,诗曰:"郁衍连障秀,万壑阴松风。平望倚苍翠,悬崖虎豹丛。古洞流白云,迤逦挂长虹。裴回惬幽兴,烟雨曳短筇。"

顾湄

寄族叔亭林先生

头白孤臣气拂膺,半生心事汉诸陵。
蒋山图画昌平记,旅壁僧窗黯一灯。

廿年漂泊欲何依,怀古伤今事总非。
落日哪堪更回首,西风笠泽雁南飞。

凤雏龙首句难忘,片纸摩挲旧寄将。
他日相逢追往昔,定应挥泪说都昌。

伏生经行重儒林,念我江村尚苦吟。
潜力一缄凭寄语,只教留得岁寒心。

顾湄(1620—约1700),字伊人,号抱山,太仓人,顾梦麟养子。早通经义,为陈瑚高徒,徐乾学延馆于家。慎交、同声社兴,皆以得湄为重。值奏销案被累,遂绝意进取,专力于诗古文。与黄与坚等并称"娄东十子"。编次成《重修虎丘山志》十卷。和钱曾、徐乾学等藏书家交游极密,曾帮徐校刊《通志堂经解》。有诗文集《水乡集》。

王弘撰 九首

哭亭林先生六首

海内推明德,江东溯世家。
传经忆刘向,博物藐张华。
倚剑天之外,挥戈日已斜。
蒋山松柏路,颢气不胜嗟。

先帝宾天日,孤臣誓墓时。
攀髯悲不逮,仗策计何之?
入鲁聊为稼,游秦共赋诗。
蓟门回首处,今昔寸心知。

霜露空萦思,行藏只自怜。
祭无王氏腊,书有晋家年。
古殿中霄月,寒林几处烟。
何曾恋山水,洒血记芊眠。

卷迹嚣尘表,韬光野水滨。
无求追大隐,不器是先民。
气以艰难壮,怀因诵读新。
重逢面黧黑,垂老惜征尘。

天将兴礼乐,世已诵文章。
一代才难尽,千秋恨正长。
山空啼鸟寂,江渺暮云黄。
披发琼楼侧,翻然下大荒。

晚计同栖隐,春风忽弃捐。
空留安石屐,竟罢祖生鞭。
间字亭犹在,衔杯榻遽悬。
乾坤浑阒寂,吾泪日潜然。

再过亭林先生墓下作

三年客江东,两度抚君墓。
野日滋宿草,秋华凄冷露。
缅维同心交,明誓金石固。
稽古启影附,敏求祛冥悟。
朝昏恒不遑,患难行若素。

重访伯起市,更寻公超雾。

惠然止吾庐,一似形影附。

同泣鹿马石,手攀神烈树。

倏更四十春,戚戚不忘故。

畴昔梦云阙,白衣从玉辂。

连蜷下大荒,偃蹇问天步。

叹息桑榆景,徘徊崦嵫暮。

幽明事已非,生死情一诉。

洒泪归山去,长辞西洲路。

三过亭林先生墓下作

(其一)

与君长别九年矣,白马重来千里余。

独拜荒丘凄宿草,更挥老泪问遗书。

(其二)

为忆神明恒若存,莫将封禅比文园。

当年羊傅徒轻爵,何以龙门有外孙。

王弘撰（1622—1702），字文修，号太华山史，华阴人。博学工书，对书画金石精鉴别。持反清复明之志，曾被荐博学鸿词，坚辞不就。世居华山，有读易庐，著《易象图述》《山志》《砥斋集》等。顾炎武称其为"关中声气之领袖"。在理学、史学、易学研究和古文、诗、词创作等方面都取得了很高成就，得到了众多友人的高度赞许。

张彦之

赠蒋山佣

逆奴叛主终无赖，何况人间冯子都。
客梦未安情自热，陵云遥望泪偏枯。
千村怒气干霄汉，一片忠魂入画图。
不道豪强能杀士，更无奇侠寄锟铻。

张彦之（约1622—约1688），字洮侯，初名恧之，象玄孙，华亭人。幼与弟汉度、旧旬有三张之目。读书细林山中，后尽斥田宅，即细林别业亦让其弟，隐居穷巷，取遗书读之，托酒狂以自废，著有《浴日楼诗稿》。

陈仲达 一首

送顾宁人之金陵

一帆风送别离舟,弧矢由来志远游。
月照瓜洲寻古渡,潮冲铁瓮破新愁。
吴宫花草荒烟没,晋室衣冠落照收。
满目江山满目恨,劝君莫上景阳楼。

陈仲达(约1622—?),字升之。其余信息不详。

注:在潘道根、张潜之所辑《国朝昆山诗存》卷二中,此诗系于奚涛名下,"瓮"作"瓮"。

杜濬 一首

庚子季秋赠别顾宁人社兄之会稽

都门曾诺共之官,恰比前人解后欢。
燕颔数奇天壤少,虎头痴绝古今难。
布帆送客情何极,木榻留君计尚宽。
一束间关传小宋,禹陵消息去漫漫。

杜濬（1622—1685），字子濂，号湄村，山东滨州人。顺治四年（1647）进士，官河南参政。家世工书，濬尤犹媚，得王献之之神。

陈 正 三首

赋呈宁人先生

北来紫气接边城，遥傍江湖得此声。
十载蒸尝通旧寝，孤臣涕泪近神京。
风飘柏影当阶合，雨洗榴花照座明。
每简奚囊观著述，雄才端似郑康成。

寄亭林先生二首

秋意被梧桐，回阴覆庭庑。
悠悠我所思，乃在明湖水。
萋斐彼何人，南冠絷钟子。
援琴非不工，谁能察识此？
黄鹄罹网罗，毛羽纷难理。
何时远翱翔，一举横千里。

素书托锦鳞，远来报曲折。

浩气迥无殊,缠绵字不灭。

嗟惟夏侯生,千载传风烈。

虽无次公贤,谈经正未辍。

惭余老病身,崎岖路难越。

尚赖梦魂通,随风度明月。

陈正(约1623—约1690),清苑人,字正子,生平事迹不详。

吕章成

答亭林移书见存

落日浮云掩太虚,闲乘旅馆步徐徐。

无才久分同玄茧,有客俄传辱素书。

闻向新亭追涕泪,更从宗国吊丘墟。

姓名不坠人间世,自是愁逢华子鱼。

读亭林谒陵诗

□年孤剑指渔阳,漠漠京尘黯客装。

三辅金汤霾白犊,□陵风雨走黄羊。

谁来柴市寻遗碧,空对卢沟听□□。

今日重翻天寿句,断肠声里几回肠。

吕章成(1623—?),字裁之,号秋崖,大学士吕本曾孙,与陈函辉、张明弼、杨体元为意气交,函辉死,走哭于台州,意有所触,惘惘独行,欲得异人而友之,访戴易于邓尉,遇顾炎武于昌平山。慷慨赋诗。历吴、齐、燕、粤而无所遇,乃归。病中自毁其著述。所存有《浴日楼集》八卷、《秋崖词》,尝改周兴嗣《千字文》,记有明一代之事,词核而义严,顾炎武亟称之,为之作《吕氏千字文序》。是明末清初余姚的一位身怀奇才的气节之士。

李 源

雪霁霖瞻宅陪饮即席赋呈亭林先生

华筵柏酒庆灵辰,座有名儒上国宾。
羁旅几年常作客,招寻兹日喜逢人。
风前裁胜吹金缕,雪后登高踏玉岑。
讲易从君曾问字,烟霞不负此闲身。

李源(约1623—约1693),生平事迹不详。

汤濩

怀顾宁人

虎头应复让君痴,儒侠僧樵事事宜。
千百国风存野记,十三陵树补新诗。
音声小悟殊堪喜,姓字频更莫浪疑。
怀友句成反自愧,半函烟雨隔秋思。

汤濩(约1624—约1684),字昭圣,汤调鼎次子,顺治十六年(1659)三甲第三十二名进士,官晋州知州,生平事迹不详。

王炜 三首

赠宁人

我已无家不可论,逢君多难复声吞。
投竿东海黄尘起,抱璧中原白日昏。
天为才难增忍性,人因别远易销魂。
樽前更诵当年句,流落江南意气存。

秋日怀宁人道长先生

孤穷迢递八荒游,肯逐轻肥与世谋。
雪水菰芦谁吊影?蒋山风雨自深秋。
已从敝笈留千古,欲向空原助一抔。
满眼黄花无限酒,不知元亮可销忧?

得宁人书知在金陵奉寄

宇宙大如许,不能容顾生。
胸怀蕴王略,徒为孤凤鸣。
钟山一草庐,九鼎此中寄。
白日照须眉,青管诛魑魅。
伤心成逐客,一去无留迹。
垂死脱仇锋,天为斯人惜。
江水去悠悠,凭高往事愁。
塞洪桥上客,清泪几时收?

王炜(1625—?),字雄右,后更名王艮,安徽歙县龙溪人,明末遗民。幼聪颖,受家学,十九岁时因明亡而隐居,其后悉心著述,有《易赘》、《鸿逸堂稿》等存世。其大半生侨寓江浙或江西鄱阳,所交者多为遗民;在思想上和文学创作上都显示出了很突出的个性。

刘 肃 一首

恭赠亭林先生

斯文谁可继？夫子独能振。
语录日无尽，诗书老更亲。
一灯开万卷，每事正纷论。
下学从先进，南车指后人。
周流环辙迹，陷溺赖陶钧。
海内铎鸣久，关中雨化新。
执经归大雅，负笈走群伦。
卜筑身藏器，端居境出尘。
幸逢泉石僻，得乐孔颜贫。
鹿洞华峰下，鳣堂渭水滨。
斗山随几杖，斋舍倚松筠。
近仿云台制，遥思沂水春。
无言非载籍，有教佐成均。
圣绪传应远，儒修派自真。
光风树桃李，藻鉴斫荆榛。
标准雅难动，科条简易遵。
声名扬郡国，品诣冠儒绅。
偶咏樽前月，常怀席上珍。

沧桑何足问，道德永为邻。
倘许门墙入，年年立雪频。

刘肃（约1625—约1715），字元敬，华州人，原北京华州会馆曾有他1709年撰并书的《华州会馆唱和诗碑》。

潘柽章

和宁人过安平君祠

驱马胶东落日横，依然祠庙有安平。
却燕实荷三年栋，脱兔全收七十城。
修剑大冠惭辩士，火攻车战奈书生。
只今岂少临淄掾，碌碌无人识姓名。

送宁人北游

征骑翩翩落叶深，知君此去有知音。
宝刀自试中宵恨，老鹤谁怜万里心。
登岱文应探玉简，游燕客岂市黄金。
□歌击筑相逢地，还忆山中梁父吟。

赠宁人

相对何须学楚囚,便当戮力向神州。
但令舌在宁论辱,除却天崩不是忧。
意气自惭河朔侠,行藏谁识下邳游?
感君国士深期许,事业千秋尚可酬。

和张洮侯赠蒋山佣之作

寄我新诗如看檄,纷纷逆党见应羞。
二心未伏丁公剑,不义因封子密侯。
三泖潮声犹蓄怒,九峰黛色不开愁。
只今□□何须较,早办沧浪一钓舟。

潘柽章(1626—1663),明末清初史学家,字圣木,号力田,吴江人,潘耒之兄。十五岁补县学生员,周道登之姻戚,与吴炎、朱鹤龄友好。著《国史考异》,顾炎武推其精审。明亡,隐居故里,用功读书,尤精于史学,康熙二年(1663),受浙江南浔庄廷鑨明史案牵连,与吴炎同被凌迟于杭州弼教坊。著作还有《松陵文献》等。

王士禄

赠宁人先生

东箭南金誉斐然,岩栖溪饮几更年。
独怀太史名山志,别撰河图括地篇。
五岳携筇双屦外,千秋抵掌一樽前。
何当衡宇襄阳共,愁绝羁人碧海堧。

王士禄(1626—1673),字子底,号西樵,新城人。顺治十二年(1655)进士,投牒改官,选莱州府教授,迁国子监助教,擢吏部主事。康熙二年(1663),以员外郎典试河南,因事免官。尝游杭州,历览湖山之胜。居数年,起原官。与弟士祜、士禛齐名,并称"三王"。有《读史蒙拾》、《然脂集》、《表余堂诗存》、《十笏山房》、《辛甲》、《上浮诸集》等。

赵劻鼎

送宁人先生

文学东吴杰,平生好远游。
飞来太湖月,散作雁门秋。

大道天人贯，遗民海岳留。

相逢思惠教，无奈别悠悠。

赵助鼎（1626—约1700），宁夏人。赵良栋族侄，字苍篆。其弟赵彝鼎，字季襄，康熙五年（1666）任山西代州守将时，与李因笃结为好友。后通过李因笃与屈大均相交。时顾炎武正在山西游学，遂与几人相识。

陈赤衷 二首

送亭林先生二首

天地何寥寂，支持不数人。

斯文千古事，至德百年身。

丧乱存遗老，江湖识旧臣。

亭亭此硕果，留以庇吾民。

十载相思后，今朝觌面时。

如何三五日，便尔别离为。

故国千秋士，吾徒百世师。

何由携一笈，旦晚共相随。

陈赤衷(1627—1687)，字夔献，号环村。鄞县人。少有盛名，厌恶科举之学，遂入天井山做苦行僧。归而返之于六经，是黄宗羲在经学方面的高足。后以贡士入都，徐乾学以渊儒硕学侍之，并令子弟从学于他。为人勇于为义，急难窘助，不惜宛转以行其志。他本有佐世材用，只因困顿场屋，在穷困中卒于京邸，著有《环村集》等。

杨端本

奉祝亭林先生四首

欲遂鹿门隐，买山太华巅。
开轩临渭水，倚杖小秦川。
道大乾坤隘，名高日月悬。
惊人诗自有，曾否问青天？

谷有图南卧，卜邻古洞幽。
莲开犹十丈，松老自千秋。
扪虱应难识，翔鸿未可求。
不须丹诏至，野性白云留。

艺苑雄江左，孤怀出世闲。
谈经吾道重，稽古宦情闲。

梅鹤同晨夕,渔樵任往还。
登临时极目,北望首阳山。

海岳真游倦,华峰岂慕仙。
携来经世作,好贮此山传。
水竹成茅屋,村岩买石田。
愿闻关令尹,请著五千言。

杨端本(1628—1694),字树滋,号函东,潼关人。顺治十二年(1655)进士,官临淄知县,履亩行勾股法,阡陌交若划一。有《潼水阁集》。

朱彝尊 二首

点绛唇
九日同顾宁人、陆翼王登孙氏石台,赋呈退翁少宰

花径登台,
旧时此地重阳宴。
天涯相见,
最喜翁犹健。

望极疏林,

瑟瑟金风翦。

凭阑遍。

夕阳一片,

送尽南飞雁。

集句题浙江省杭州西湖敷文书院移赠亭林祁县书屋

入则孝,出则弟,守先王之道,以待后学;
颂其诗,读其书,友天下之士,尚论古人。

朱彝尊(1629—1709),字锡鬯,号竹垞,嘉兴人。康熙十八年(1679)举博学鸿词科,除检讨。康熙二十二年(1683)入值南书房。曾参加纂修《明史》。博通经史,诗与王士祯称南北两大宗("南朱北王");作词风格清丽,为"浙西词派"的创始人,与陈维崧并称"朱陈";精于金石文史,购藏古籍图书不遗余力,为清初著名藏书家之一。

屈大均 九首

送宁人先生之云中即大同府兼简曹侍郎

丈夫贫贱相看老,岁寒松柏同枯草。
发愤徒为风雅篇,羁孤又向燕云道。

云中地苦难为情,匹马萧萧事远征。
泪洒昭君青草墓,歌投都尉牧羊城。

不嫁红颜厮养卒,何妨奇服曼胡缨。
雕虫篆刻虽无用,一字褒讥臣子恐。

君追孔氏著麟书,我学三闾持橘颂。
云中魏尚旧宣威,今日曹公肃鼓旗。

缓带投壶垂雅望,彩毫题赋掩晴晖。
容仪欲见如琼树,书札相将隔紫薇。

八月龙沙飞急雪,中军置酒琵琶咽。
令德高言相献酬,君欢好把驼酥啜。

又送宁人先生

雁门北接常山路，尔去登临胜概多。
天上三关横朔漠，云中入水会浑河。
飘零且觅藏书洞，慷慨休听出塞歌。
我欲金箱图五岳，相从先向曲阳过。

哭顾亭林处士

雁门相送后，秋色满边城。
白日惟知暮，寒天讵肯明。
才分南北路，便有死生情。
皓首悲难待，黄河忽已清。

哭顾征君宁人炎武

幽燕久客似辽东，絮帽天寒苦朔风。
飞兔有人还不帝，伏龙于尔独称公。
白头无子遗书散，黄石多年故冢空。
留得孝陵图记在，教人涕泪哭遗忠。
昌平山水是天留，海岳朝宗此帝丘。
一代无人知日月，诸陵有尔即春秋。

书生得尽惟哀痛,故老难存苦白头。
遗骨故应园下葬,年年天寿守松楸。
招魂不返恨天涯,旅榇空归葬海沙。
楚国两龚长不食,淮阳一老久无家。
苍松岁晚孤生苦,白鹭天寒两鬓华。
闻道五经多注释,不知谁为作侯芭?
登高忆共雁门间,北望京华洒泪还。
白马小儿犹汉殿,青牛老子已秦关。
河声不解消辰恨,山色惟知老玉颜。
耆旧只今零落尽,北邙松柏为君攀。

屈大均(1630—1696),字骚余,号非池,番禺人。明末清初著名学者、诗人,与陈恭尹、梁佩兰并称"岭南三大家",有"广东徐霞客"美称。曾与魏耕等进行反清活动。后避祸为僧,中年仍改儒服。诗有李白、屈原遗风,著作多毁于雍、乾两朝,后人辑有《翁山诗外》、《翁山文外》、《翁山易外》、《广东新语》及《四朝成仁录》。

马鸣銮 二首

咏慈仁寺松

昔岁乙未春,策蹇入燕都。

卜居廛市间，风态苦不舒。
暇日偶行游，来至古浮图。
高阁崇霄汉，钟鼓振晨晡。
遥望气郁葱，奇松十余株。
颜寺曰慈仁，碑碣灿前模。
所憾羁尘网，惭憩还东隅。
丁酉来凤阙，乃入化城居。
羊鹿与白牛，此寺兼三车。
脱装卧僧舍，煮茗润吻枯。
呼童买春酒，浮白尽一觚。
起居甚快意，不复忧穷途。
乡曲故人至，欢笑亦歌乎！
坐卧长松下，意气聊自如。
长松若高盖，苍云作前驱。
别有双短松，对立何扶疏。
纵放游龙出，翔骞凤翼摅。
风来作涛韵，浣涤尘俗痡。
月中坐清簟，筛影入冰壶。
落花为我餐，蹇枝为我庐。
置身若瀛丈，啸咏捐挛拘。
盈朔百珍集，珠玉陈锦毹。
璀璨悦童仆，尘污五大夫。

夕阳散俗驾，掩关树下趺。
肃肃引高风，逸气生纨裾。
金马足避世，花宫可据梧。
索米长安市，买醉黄公垆。
愿言寄情赏，雅志宁能渝！

都中慈仁寺赠别亭林先生

风静秋高月复清，松间梵阁定钟声。
故人乍见翻成别，乡信才通又送行。
此夜歌当燕市酒，他时花落济南城。
白头著就书千卷，犹是临邛重长卿。

马鸣銮（约1630—约1711），字殿修，号密斋，马玉麟孙，昆山人。少好学于经义、笺注、传疏，博综贯穿，分析其同异而标记之，清康熙十二年（1673）进士，授翰林院编修。丙辰分校礼闱，所得皆名宿，引疾归。焚香静坐，门无杂宾，故人有劝驾者，领谢之而已。著有《密斋诗稿》。曾纂修《江苏古吴昆山井亭乡马氏家乘》。

徐乾学

怀舅氏

自别维亭二载余,风尘驱走近何如?
伯鸾慷慨思浮海,正则羁愁未卜居。
乱后相逢怜旧雨,客中多累是残书。
何时归守先人墓,白首终乘下泽车。

徐乾学(1631—1694),字原一,号健庵,昆山人。少得舅父顾炎武指教,慨然有用世之志,康熙九年(1670)探花,授翰林院编修。累官至内阁学士、刑部尚书,曾主持多部国家大型丛书的编纂,著有《憺园集》、《词馆集》、《虞浦集》等。与弟徐秉义、徐元文并称"一门三鼎甲"的"昆山三徐",其五个儿子先后考中进士。

宋振麟

亭林先生税驾长源里第喜而有作

望远苦衔石,长河日浼浼。
江介起遗风,津梁有根柢。
范世得先觉,旷然发群昧。

遂观五岳尊,复见六书体。

琴樽区雅颂,渔佃列官礼。

星光动五色,物象同昭洗。

涉江探兰苕,怀古每流涕。

蒹葭入秦水,零露何泥泥,

偷光喜共壁,纳履厕前邸。

愿以饥渴怀,时时饮醇醴。

宋振麟(约1632—约1692),字子祯,号中岩,淳化人。约清圣祖康熙初前后在世。顺治年间中恩贡生。母病目盲,振麟日夕以目舐之,三载,复明。为学博雅,与同邑姚开先、罗万藻讨论性命之学。郭九芝延居余园书馆,顾炎武、李容皆执弟子礼。康熙十八年(1679)举博学鸿词,不赴。振麟著有《中岩集》六卷,《四库总目》凡诗四卷,文二卷,皆为残稿。

归庄 戴笠 王仍 潘柽章 一首

丁酉腊月八日在韭溪草堂奉怀宁人道兄联句三十二韵

十年遭丧乱,朋好叹飘零。(归)

作客头将白,逢人眼未青。(戴)

千华嗟已晚，风雨不堪听。（王）

坐对昆山玉，难呼钟岳灵。（潘）

彦先标誉望，元叹肃仪型。（归）

揽辔心千里，空囊腹五经。（戴）

野王收地志，士雅誓江汀。（王）

肝胆惟余剑，行藏总类萍。（潘）

苍茫南斗气，隐见少微星。（归）

雾豹文仍耀，云鸿影自冥。（戴）

有心尝险阻，无路拔膻腥。（王）

殊俗惊鸣镝，皇图览建瓴。（潘）

志坚追日渴，气迈遇风泠。（归）

荆楚淹王粲，辽东重管宁。（戴）

马蹄轻越国，鹏翼任图溟。（王）

羡尔游何壮，怜余户独扃。（潘）

书留公路浦，迹绝子云亭。（归）

一别稀烹鲤，相思几落蓂。（戴）

话言犹历历，灯火故荧荧。（王）

论史追当日，高谈挟震霆。（潘）

孰知胸有库，不取说为铃。（归）

梁甫还成咏，燕然未勒铭。（戴）

瓜期愆鞅掌，兰讯少娉婷。（王）

翘首天边雁，伤心原上鸰。（潘）

亲朋愁带甲，家室祝添丁。（归）
于役知良苦，言归莫暂停。（戴）
石城新卜筑，吴苑旧林垌。（王）
有待瞻陵阙，重来茸户庭。（戴）
梅花春绕屋，竹叶酒盈瓶。（王）
此日乖河汉，思君异影形。（戴）
徒然望云树，聊复折芳馨。（归）
各有天涯思，相期共醉醒。（潘）

注：此诗作于顺治十四年（1657）腊月初八，四位作者简历介绍均在其个人作品词条下。

李因笃 十五首

雁门邸中值宁人先生初度，制二十韵以代洗爵

海内求遗逸，如君气自豪。
名成郎位晚，地阔少微高。
已住长孤愤，相逢遽二毛。
客身霜露浃，岁事豆笾荣。
宿卫惟占斗，晨征遂渡濠。

故宫歌黍稷，九庙达荙蒿。
入世深肥遁，同群识劲操。
尚怀游岳计，不问过江艘。
车马随书局，乾坤到彩毫。
丁年无旷日，乙夜有然膏。
独树三吴帜，旁窥两汉涛。
经邦筹利病，好古博风骚。
负版悲天堑，班荆慰塞壕。
乱离途迥别，今昔首重搔。
暑雨留前席，昏灯对浊醪。
落花余满袖，逝水各沾袍。
白雪吹炎夏，丹经照蟹螯。
幽贞恒坦坦，穷达任嚣嚣。
莫讶声闻阔，曾知宠命褒。
纻衣如可赋，堪比吕虔刀。

寄赠顾亭林先生四绝句

八月闻君西入关，行行寓目尽名山。
春河安稳桃花水，却阻东西雉子斑。

汾上愁云接汉宫，千年词赋自秋风。

著书何似文中子,下榻兼知太史公。

西汉如无马郑群,六经何处叩羲文?
师古箕裘归索隐,皇朝复见顾征君。

谁言悽壮本秦风,肯舍周南学小戎?
君从鄜鄂观王化,旧迹还留渭水东。

咏怀五百字奉亭林先生

少有四方志,临文生浩叹。
肆其躬耕力,谬欲补宵旰。
初授古尚书,都俞冀亲见。
交臂多高侣,抗怀无近玩。
每从诸耆旧,窃忧天下乱。
虽蒙迂阔讥,中夜肠数转。
岂难弃缛去,驰驱向弱冠。
率由祖宗朝,不敢薄操缦。
其时帝座清,颇睹王居涣。
誓当奋前期,致身在云汉。
历观昭代才,廷对乃居半。
何得执末流,概云始非善。

况夫论出处，今古亦递变。
巢许生荒略，徜徉恣世玩。
今焉隶博士，委贽同一贯。
君臣义相属，天壤无所逭。
要非如列国，乾坤既各判。
竹帛与山林，优游从人便。
垂翮未能舒，流氛忽遘患。
天宇本辽阔，王室丁多难。
乌号有遗悲，降割不少延。
一为黍离吟，蹉跎岁已晏。
从此辍弓招，卑栖向山涧。
遥愧叩马节，偷存靦颜面。
闭门治九经，溯流兼史传。
孤注谢同人，失意甘狂狷。
顾君缟带交，磊砢东南彦。
束发早成名，中年仅得荐。
好奇穷河岳，足迹中原遍。
细字粲蝇头，筐篋至千万。
班荆雁门邸，倾囊出凤撰。
慨然弟畜予，札侨风斯践。
泣麟久不作，蛙鸣纷相扇。
横议逐颓波，吾道存如线。

侧闻正始音，黄钟垂古宪。
大旨归风骚，旁求迨爻彖。
持以告时贤，疑信乃滋蔓。
聊取枕中秘，知希邃独擅。
别来寒暑更，东行渤海岸。
春水传双鱼，相思何缱绻。
新诗益矍铄，抚时增悽忧。
期余颇不细，治安操左券。
比年歌兔爰，四国敝水旱。
尚挽黄腄粟，未息昆明战。
有星孛南箕，候火张西甸。
胡为然积薪，甘作处堂燕。
君才本通方，体用深组练。
明堂备顾问，草泽储文献。
河清倘可俟，着鞭谁当先？
安能效平时，皓首美柔翰。

三月十二日有事于攒宫
同顾征士炎武赋用来字

再出松楸路，初将洒埽杯。
百神春转肃，孤寝暮同哀。

渚雁依灵藻，峰霞拂绣苔。

葱葱桥岳气，日向五云来。

答顾征君保州见怀之作用来韵

雁绕行峰侧，鱼传渭水湄。

翻愁先凤驾，不及共临歧。

夜雪怀人迥，春堂入梦迟。

躬耕千载事，努力赴同期。

讲易毕奉谢宁人先生

世衰道微日，儒术几寝灭。

东吴山泽间，有客饶高洁。

抗志薄今人，凛凛秉大节。

读书破万卷，学道追往哲。

九经能阐明，周易尤精微。

繄余本齐伦，自顾惭薄劣。

行年五十余，悔吝滋玷缺。

荷君不遐遗，爱我忘丑拙。

针芥颇相投，此中一寸折。

年齿序雁行，实同弟子列。

摄衽师席前，谈经聆霏屑。
大义与微言，不惮日申说。
淹贯兼经史，引喻通一切。
斯理本难传，研究蒙初发。
敢云无大过，愿学韦编绝。
譬诸草木生，大小区以别。
秋气正离离，雨余风清冽。
松柏满荒园，苍翠如缀缬。
尊酒恣讨论，二簋无甚设。
放眼天地间，陶写邀明月。

春日得宁人书敬佩韦弦辄酬短句

春水沿洄双鲤鱼，好修珍重数行书。
幽芳出谷原多事，劲竹同根迥自如。
北海翔鸿怀远道，南风采葛恋吾庐。
兼闻绵上传经约，莫遣关门步屦疏。

长至后得宁人中秋历下贻书并赠诗奉答

八月沧溟雁，南飞道路赊。
械书来楚水，客里见梅花。

泰岱云何处？江湖日已迥。

庞公终独往，懒问侍臣才。

亭林先生尊兄自秋适晋，初冬得书知病新起，且惊且喜，阻雪及腊始专一走往候，寄诗五章

双屐遥怜埒径疏，朵云欣奉杖藜初。

虽愁药物甘辞馈，不苦呻吟减著书。

鸿雁分飞声远及，雪霜高卧岁将除。

诘朝河外图传使，斋宿中庭拜所如。

涧树东连岳树深，相思北接太行岑。

蒹葭倘触居关兴，蟋蟀偏工入冀吟。

世易繁霜应有道，天留硕果定何心。

晨星落落频蒿目，肯使寻盟负断金。

王路风流缟带长，霸图聊托晋初乡。

遗音西国思千里，老眼中原泪数行。

春逼梦随池草发，腊残清引阁梅芳。

曾论徽祀虚笾豆，许傍新宫自筑堂。

水冻河梁客未还，教人雨雪怨空山。

难同受性松根迥，更羡从飞雉子班。

到处青藜恒照夜，何时紫气复临关？

偶耕兼有吾庐约,南亩桑阴尽日闲。
五十知非似醉醒,柴门寂寞昼常迴。
古人何可欺毛□,吾道将无愧管宁。
豳俗好风吹举趾,汉时明月照传经。
鸣车整箭西归日,户外寒融柳色青。

旧年宁人以无妄系济南,走书报余,辄驰往视之。既而余以疾作还里,承寄赠行三十韵,今春相见保州,重会蓟门,奉答前诗广二十韵

卧病三秋色,怀人五岳情。
凉飚吹梦起,啄雀唤愁生。
客返关中路,书传历下城。
倒衣初罢枕,垂涕复霑缨。
巷伯诗难读,梁园狱已平。
长吟归黯淡,别绪郁纵横。
忆折前津柳,同炊古寺羹。
有孚谋且窒,无角兆先成。
末世旌旄杂,周行坎窞并。
莒荚矜野语,虞芮乱蝇声。
欻棹江波大,潜扬海汐轻。

群疑纷所出，众口漫多惊。
智勇微夫子，艰危讵此行。
奋身甘下吏，微服耻为氓。
易传繇斯昉，骚歌比类明。
经旬喧地坺，举国丐天晴。
节至通苹藻，愁来忆弟兄。
曾邀肝胆契，况忝雪霜盟。
草莾虚炎月，云高隐暮旌。
罢呼燕市酒，遄决蓟门程。
戍角迷丹嶂，河阴护绿蘅。
崩堤频淖马，废坞剩闻莺。
水旱忧兼剧，诛求惨自鸣。
此邦哀琐尾，何室厌香橙？
触目难俱述，惊时已渐更。
驰闻瀛隰尽，颇喜岱岚迎。
膏沐谁遑理，壶飧欲就倾。
畏涂晨上谒，羁邸夜班荆。
续烛探行笥，联床敲外楹。
年华穷不灭，日录老逾精。
恨失登山约，嗟为抱瓮贞。
徘徊违鲁赗，邂逅合秦筝。
阁访沧溟峻，泉怜趵突清。

狂涛终砥柱，直道益峥嵘。
旅食悲寒及，归舟阻潦盈。
依然垂橐去，率尔采薪婴。
左次才弥拙，西还意若酲。
贫非荒竹径，渴岂慕金茎。
急难暌良友，端居惕远征。
寸心如濩落，中夜几屏营。
自得分鱼素，空教怨鹿苹。
川原仍独往，伏腊互相衡。
甫定他乡榻，俄从上日觥。
好音随杖屦，佳会足公卿。
律转坚冰解，春回早卉荣。
敛才期近物，逃俗励修名。
忽复追鞭弭，还来过帝京。
每询邙邑树，谁荐寝园樱？
进履耽逢石，将诗悚报琼。
雍田关华好，为耦待躬耕。

哭顾亭林先生诗一百韵

朝蓂初零露，浮云忽障天。
史无正月纪，星脱少微躔。

诗咏顾炎武

一代摧梁木,千春恨杜鹃。
典型今顿坠,文献尔俱全。
际剥哀吾道,瞻仰失大贤。
浑思焚著述,未忍没周旋。
劲节堪追溯,名家敢溢传。
门详吴郡后,望庇武陵前。
画省基藩牧,彤毫珥御钿。
钟灵簪绂第,比美孝廉船。
阅阀窥芳矩,词宗起卯年。
友兼乡国盛,声挟俊厨骈。
胜地频交轸,留都几著鞭。
衔杯才最逸,搦管赋谁先?
吐纳苍江丽,招寻紫陌连。
同过遵石渚,独步采香荃。
竞睹潜修洽,徐教懿绪延。
遭时伤失路,振翼爽乘权。
上客逍遥久,佳人契约偏。
徒劳殷密勿,莫与救迍邅。
海涸龙虚碎,山颓凤不还。
难求雏翿好,漫惜颔珠圆。
剖血探危蠋,攀髯少并肩。
鼎湖仍问渡,乔岳远怀仙。

信宿寒郊址，恭图寝庙堧。
装潢勤更肃，拂拭对增虔。
沐发尝辞舍，佣身偶就廛。
北来驰险阻，南响洒潺湲。
坏邸询遗迹，荒圻拜故阡。
汤孙昭穆萃，汉祖壁墉坚。
历历扪松槚，兢兢执豆笾。
金楹澄有赫，碧瓦秀含烟。
洒扫甘从事，勋华耻让镌。
特书森具体，凡例发流泉。
古兆原分立，斯文实创编。
班扬愁觑甚，左马色苍然。
自此淹羁旅，余龄肯弃捐。
经搜坟典阔，世谱仡提悬。
似欲超吟咏，何曾叩偓佺。
雄心灰弗已，绩学励相宣。
逮夜随烧烛，长征亦费研。
驱车携竹笈，入肆展霜笺。
叠案皆亲注，盈床益勉旃。
纤瑕攻琬琰，细字炳丹铅。
取志惟征邑，遗闻迥汇川。
讦谟周利病，往册赖删诠。

屡易犹藏稿，通行且待缘。
昌言昭日录，暇力正诗篇。
转叶音何陋，葩骚韵累迁。
爰稽三颂始，尽洗六朝愆。
愤乐忘头白，遨游任足穿。
观恒趋裔塞，践濡涉层渊。
碛雪贞珉皎，崖藤侧蔓缠。
谓宜轻棹楫，翻喜跨鞍鞯。
到处逢迎备，临岐指顾牵。
公卿虽倒屣，荜窦每安弦。
邺架抽签数，郇厨领味专。
晴暾装淡淡，素魄坐娟娟。
桂辣宁知老，松疏那受怜。
刊垂资祖籍，把赠解囊钱。
晚结菟裘计，将除蕴藻田。
隰苓聊近采，关皋尽高褰。
甸服君推首，邦衢旧象乾。
王风留黍稷，伯略杏鹰鹯。
遂逆洪河浪，因穷太华巅。
台祠洵旷举，县宰得循员。
浊俗多崇墨，豪耆半杂禅。
迷津烦拯助，出谷仗陶甄。

渐觉嘤鸣侈,俄开霁景鲜。
盍簪要奋激,倾盖及狂颠。
缟带曾贻晋,清觞再集燕。
愚蒙沾善诱,等列荷区铨。
谬许私盟牒,允期轶草玄。
深恩鸿雁并,暂别鲤鱼联。
卜宅推中表,披帷共醉眠。
颇耽亭水洁,迟眺径花妍。
匣剑舒悲啸,堂琴写静便。
纵谈衷曲尽,遐寄物情蠲。
鬼徼喧飞檄,神州满控弦。
萦肠弥怅望,叱驭复翩翾。
积岁兵机稔,中宵客虑煎。
匿形乖辟榖,觇梦罢回畋。
忆昨登嵩少,悽其俯涧瀍。
凌晨谋税驾,决意谢归舡。
抵绛依重郭,诛茅假数椽。
泣麟微旨在,衰凤托终焉。
腊杪才呼走,冰严薄馈绵。
报章惊绝笔,幽怨屈空拳。
耿介标孤性,忠诚冠八埏。
末繇赞志展,畴使抱疴痊。

彼网欣逋鹤,维巢讶类鸢。
心休沿板荡,目视为戈铤。
恐逸阳秋撰,须存即次毡。
外甥俱隽哲,犹子已腾骞。
幸接旁阴茂,当提主器俘。
圣途湮岂断,儒术众疑悛。
镜具睽峰壑,生刍布几筵。
辆旌悲浩漫,墓树想葱芊。
直拟歌黄鸟,真应驾白莲。
招魂称至德,陟降蒋山边。

李因笃(1632—1692),字子德,号天生,陕西富平人。明清之际的思想家、教育家、音韵学家、诗人。康熙十八年(1679),被荐鸿博授检讨。当时在经学方面可与顾炎武齐名。主张"经世致用"之学,主张"师古不泥其意,用法不求其人",认为深入经学的目的,在于通晓古今治国之道,以利于国计民生,并把这一思想贯穿于学术实践中。

唐孙华　一首

读顾亭林集二十四韵

胜国遗民在,贞心匪石坚。

江湖万里逝，妻子一朝捐。
玉观新朝去，铜驼故国怜。
冬青栽陇上，麦饭洒陵前。
举目周黎尽，伤心亳社迁。
苍茫率旷野，汗漫落穷边。
孤剑随身倚，征衫短后穿。
狗屠寻伴侣，鸡塞访山川。
哀曲闻翎雀，遗魂拜杜鹃。
更无复楚地，终换姓刘天。
设祭唐开府，逃名鲁仲连。
毁形人莫识，隐语世难诠。
家祀犹先腊，王春不署年。
登山皋羽泪，泛海幼安船。
竟向深岩老，羞从故里还。
瞿硎甘陷遁，宾石肯周旋。
气带幽并侠，身经羁旅便。
须眉应不愧，要领幸能全。
耿邓生平许，羲文晚业专。
六经资讲授，八体辨沿缘。
短砚磨将破，麻鞋走欲颠。
春风绣岭树，秋草故宫烟。
圣代褒忠义，高文托简编。

大名知不灭,终并日星悬。

唐孙华(1634—1723),字实君,别字东江,太仓人。少入慎交社,有文名。曾与查慎行唱和,徐乾学招修一统志。康熙二十七年(1688)进士,选陕西朝邑知县。授礼部主事,兼翰林院行走。后充浙江乡试副考官,因事落职。既归,途坚卧不出,与二三老友登临游宴,有香山、洛下之风。天才敏瞻,九试冠军,名震江左。著有《东江诗钞》,行于世。

孙宝桐

都门送宁人先生之永平

纵横车马蓟门途,憔悴人如楚大夫。
虚见子长观障塞,终怜元叹老江湖。
楼台旧入伽蓝记,雨雪新成督亢图。
海上诸侯能好客,莫愁边路出东都。

孙宝桐(约1634—约1700),济南人。清初文士,曾参与王士祯年轻时在大明湖畔举行的诗话集会。

王 摅

居庸关次顾亭林先生韵二首

曾闻蜀道上青天,陡绝居庸一线悬。
险尽八陉将出塞,徙来三郡本防边。
崎岖客路关城下,寥落人家戍垒前。
剩有先朝陵寝在,伤心石马卧荒烟。

不尽浮岚接大荒,橐驼满地夕阳黄。
西来山势临关险,北向城形抱塞长。
将相无谋资寇盗,朝廷有道倚金汤。
天涯羁客肠应断,迢递音书过白狼。

王摅(1635—1699),字虹友,号汲园,太仓人。其先祖为太原王氏。其曾祖是王锡爵,其祖父是王衡,其父王时敏以荫官至太常寺少卿,列吴中画派"四王"之首。摅是第七子。少时受教于同乡陈瑚门下。稍长,师从钱谦益、吴伟业,诗法于杜甫、苏轼、陆游,诗文风格类似吴伟业。为"娄东十子"之一。著有《步檐集》、《芦中集》等。

郁　　植

呈母姨夫亭林先生四首

书种于今更属谁？壮心能却鬓边丝。
里人谩进归耕计，诗伴徒传绝妙辞。
天下名山寻欲遍，古来奇字问都知。
不才敢论千秋事，流落京华喜得师。

惊喜相看问阿翁，少年联袂各头童。
家从十五年前别，身在三千里外同。
且注虫鱼潜砚北，任教车马过墙东。
乡关耆旧多萧瑟，阅历如君道未穷。

风流家世玉山堂，不教乌衣姓氏芳。
相宅多贤夸范甯，传经有后胜中郎。
闲题甲子存年月，偶说交游尽老苍。
最是天心怜硕果，劫灰长护鲁灵光。

屈指春风对雪华，一樽促膝话天涯。
无心更蹈终南径，有分还栽杜曲花。
新语著来闲陆贾，玄经草就待侯芭。

莫愁枳棘充周道,举目西山日未斜。

郁植(约1635—约1699),字大木,号东堂。太仓人。诸生。八岁应试,作《五伦论》,吴伟业见而奇之。及长,穷研古学,诗宗盛唐,不落元和以下。康熙中举鸿博,未应试卒。著作《东堂诗文集》(一作《可焚稿》)。

李良年 二首

九友诗天未寡谐,追念畴昔,倚烛作诗。烛尽数之,得九章,未竟吾友也

载笔谢生产,御车两书佣。

叩门析疑义,毫发必见攻。

举世便所习,嗟子独匆匆。

昨者日知录,寄我楚南峰。

怀顾宁人处士

藏书满天下,之子独间关。

襆被穿云往,残碑拓险还。

羊肠疑汉史，鸟迹辨嵩山。

叹息草玄者，栖栖蓬户间。

李良年（1635—1694），字武曾，号秋锦，秀水人。诸生。少有隽才，与兄绳远、弟符齐名，时称"三李"；又与朱彝尊并称"朱李"。往来南北，游踪遍天下。后至京师，举试博学鸿词科，不遇。徐乾学开志局于洞庭东山，聘主分修。良年工诗词；为古文尤长于议论，长洲汪琬颇推许之。著有《秋锦山房集》二十二卷，有《清史列传》行于世。

吕兆麟

哭亭林先生（壬戌康熙二十一年）

可惜江南一巨儒，铎音远振教弘敷。

宝阴午夜焚膏烛，训子经年检典谟。

梦绕韩原吾道丧，神游浍水大贤徂。

累征怪得难为就，著作原期缵有虞。

吕兆麟（约1635—约1700），字春野，山西曲沃人。顺治十八年（1661）三甲第九十二名进士。

万言 一首

留别亭林先生

南归喜得遂初心,独有先生惜别深。
录就古今征实义,书成天地发元音。
避人长作燕台客,悯俗聊为楚泽吟。
记取今朝分袂处,西山雪霁月钩临。

万言(1637—1705),字贞一,号管村,鄞县人。清初学者。明州学者万泰孙,万斯年子。副贡生。少时即有精博之名,著有《尚书说》、《明史举要》。参与修编《明史》,独成《崇祯长编》。尤工古文。著有《管村集》。

毛今凤 三首

赠茂引世兄亭林嗣子衍生

华岳风淳古,栖迟似不孤。
仪型思大雅,居室谢三吴。
负荷承家学,艰难识世途。
勿为文史误,挟策献皇都。

奉别宁人先生

去年秋水落，君来话斋阁。
今年彪山青，送君走虒亭。
秋水春山曾几夕，别时已似隔畴昔。
汾河活活草青青，雨泾云晶杏花白。
故园松桂挂荒藤，我怅乡思归未能。
羡君老健走天地，健笔犹勤午夜灯。
往来秦晋多交好，到处争看伏胜老。
讲帏不数汉田何，车笠欢迎躬酒妇。
此行仍恋华山阿，莲峰明月古松多。
桃花不似人间世，常有青云护薜萝。

恭呈顾老夫子

高轩忽过慰凄其，进退时中属我师。
抗节不为东□□，论人独耻北山移。
精研经术编常绝，激烈时忧策自□。
至止十旬多训诲，春风著处不胜披。

毛今凤（约1639—?），字锦衔，又字景岩，长洲人，贡监。清康熙十八年（1679）冬，亭林适在山西，今凤来受业三个月后返回江南。次年正月，亭林先生有《与毛锦衔书》和《赠毛锦衔》诗一首。《顾诗笺注》、《赠毛锦衔笺注》有云："先生有《答毛锦衔书》论异姓为后，言《晋书》周逸事与君家相类，似锦衔本非毛姓。"

陈廷敬　一首

读顾亭林先生日知录是潘次耕刻于闽中者却赠

遗文编旧录，制述继吾徒。
诗乐吴公子，风骚楚大夫。
闲情穷海峤，清论满江湖。
万里山川路，离情似昔无？

陈廷敬（1639—1712），字子端，号说岩，晚号午亭，泽州府阳城人。顺治十五年（1658）进士，后任庶吉士。初名敬，因同科考取有同名者，顺治帝给他加上一"廷"字。历任经筵讲官、工部尚书、户部尚书、文渊阁大学士、刑部尚书、吏部尚书、《康熙字典》总修官等职。工诗文，器识高远，文辞渊雅，著有《午亭文编》及《午亭山人第二集》等。

沈三曾

奉送宁人先生之山右

三月春风漾柳堤，高人命驾手同携。
青箱万卷随鸠杖，红雨千山送马蹄。
卜筑欲攀莲岳顶，探奇直过太行西。
龙门旧有文中席，好向桃源指路迷。

沈三曾（约1640—约1711），归安人。康熙十五年（1676），与胞兄沈涵同登进士，被授予翰林院编修之职，参与修撰《全唐诗》。后因丁忧而归乡，潜心教子侄读书，有子沈树本为进士榜眼，孙沈荣仁、沈荣光、沈咸熙均为进士。

颜光敏

送朱锡鬯之济南在抚军署

携手河桥怅去尘，历山遥望柳条春。
讼庭尚有南冠客，莫向燕台思故人。

怀顾宁人先生

君向东皋采蕨薇,我来秦苑绕芳菲。
沙昏野戍长河远,目下空庭独鸟飞。
道在只因人世困,名成莫异鬓毛稀。
相思更把西征赋,太华峰头望紫微。

颜光敏(1640—1686),字逊甫,更字修来,别字乐圃。曲阜人,颜光猷弟。康熙六年(1667)进士,由中书舍人累迁至吏部郎中,充《一统志》纂修官。书法擅名一时,尤工诗,诗品端厚正大,不轻佻,不板滞,为"金台十子"之一。有《乐圃集》、《未信编》、《旧雨堂集》、《南行日记》。

潘耒 四首

己酉冬暮,自淮阴抵平原谒宁翁先生,敬述长律六十韵

耆德何寥落,人伦孰楷模?
斯文知未坠,夫子实通儒。
世德推江表,高名冠海隅。
才猷鼎鼐重,器略庙堂须。

妙誉归人杰,英姿识凤雏。
风云迟绝足,羽翼碍天衢。
版筑功名远,躬耕心事纡。
劳劳悲击楫,渺渺叹乘桴。
廿载中原客,单车万里驱。
壮游频五岳,作赋几三都。
汉塞云随雁,秦关月照榆。
胸中百郡志,掌上列边图。
结客倾豪俊,论交尽顾厨。
襟怀小天地,闻见隘寰区。
学贯天人奥,身苞造化枢。
大文经纬著,谠论古今胪。
贾马宁方驾,班杨敢并趋。
才高道乃契,心小圣为符。
雅痛微言绝,深嗟学术殊。
几年犁传注,百代扫榛芜。
精理通爻象,鸿猷扩典谟。
礼堂尊讲席,绛帐盛生徒。
小子深瞻仰,通家自友于。
追陪忆往岁,侍从足欢娱。
嵇阮交原厚,陈雷好不渝。
时时枉高驾,往往到菰芦。

永漏杯同把，明灯笔共濡。
情深等胶漆，调叶比笙竽。
各矢青云志，只愁白日徂。
龙蛇梦俄兆，鹏鸟识堪吁。
向子闻邻笛，王公忆酒垆。
遥知悲宿草，无处奠生刍。
落魄余文举，伶仃有少孤。
素弦哀绝调，枯树惨同株。
戢影依慈母，含辛对阿奴。
向人颜慷慨，伏枕泪模糊。
流浪来淮市，飘零客射湖。
江关淹岁月，踪迹混泥涂。
范叔绨袍尽，相如四壁无。
三秋长旅食，半刺只穷途。
讵敢题鹦鹉，那堪听鹧鸪。
壮怀感马援，岐路畏杨朱。
愁到思投笔，穷来未弃繻。
橘宁为枳变，兰不效萧敷。
把卷唯窥牖，编书亦截蒲。
三冬曼倩惜，一榻幼安俱。
汲古惭修绠，攻文愧小巫。
孤生元谫陋，曲学况牵拘。

窥豹非全目，雕虫岂壮夫。
夙怀期负笈，雅志在悬弧。
硕德惟刘董，儒宗有郑卢。
龙门虽自峻，蠡测肯辞愚。
问字侯芭去，传经服慎呼。
赢粮非早暮，命驾敢踟蹰。
汶野黄云冻，沂山白草枯。
只身经雨雪，远道涉崎岖。
捧杖微诚遂，横经鄙愿输。
驽驹还赖策，蓬草或堪扶。
斧削资良匠，陶镕付大炉。
垂恩何以报，感激一微躯。

上亭林夫子

尼父志不达，浩然动归思。
群材良斐然，裁成将待谁？
回车订六籍，制作通神祇。
三年致祥麟，大道以不隳。
海内有先生，人伦之宗师。
学惟天人贯，道乃污隆宜。
严冬霜雪集，万木为之萎。

孤根独岿然，知天未丧斯。
周游遍五岳，历览环三垂。
天地有大文，一一为搜披。
成书藏名山，故里归何迟。
下国寡良材，斧斤谅难施。
区区园葵意，朝阳宁见知。
何当裹粮去，万里相追随。
泰岱峰峥嵘，日观路崚巇。
一览小天下，慰此平生期。

送李天生还关中

太华削三峰，横空势雄拔。
百川赴洪河，渭水特清澈。
沇瀎金天气，河山互盘郁。
寥寥隋唐后，关中少人物。
千年得李君，英英万夫杰。
灿烂龙泉锋，权奇渥洼骨。
贯穿百氏书，经术尤洞达。
磅礴为文章，紫澜溟涨阔。
一诺千黄金，义分明霜雪。
抵掌天下事，黑白在指末。

高谈浩悬河，日夜不可竭。
出则景略流，处为仲淹列。
吾师顾亭林，名德今第一。
停车华山阳，与君等胶漆。
鄙生托末契，瑶草常远掇。
未果负笈期，函关梦超忽。
中期渴求才，搜访到岩穴。
鹤书并见征，虚声愧所窃。
高堂有老亲，温清未宜缺。
陈情各致辞，异地同一辙。
终然遭敦迫，后先赴京阙。
握手风雪中，欣喜复悲咽。
游鱼待泮冰，鼓鬣春江活。
何期一上竿，掉尾不得脱。
羡君胆坚刚，壮君气勇决。
洒涕尚书省，银台屡排突。
十上十不收，究乃叩紫闼。
上云母龙钟，下云身单孑。
金石开精诚，风雨助悲切。
天高而听卑，炯炯见识察。
恩诏许还山，归志竟莫夺。
譬若独流泉，到海经百折。

又如养由矢,射甲必彻札。
国士信无双,于此见奇崛。
我亦草疏章,怀之字磨灭。
不能叫九阍,俯惭气疲薾。
属有载笔事,朋侪相牵挈。
史牒足坠闻,雅志愿补裰。
但愁绪如麻,是非中胶辖。
南董邈难追,縻禄肠内热。
君今归故山,婆娑奉黄发。
玉井莲千瓣,菖蒲根九节。
采采供晨餐,德养使亲悦。
吾师筑书堂,仿佛近箭栝。
云台紫阳祠,气象甚弘豁。
见君乐难支,管席谅不割。
况有两聘君,左提复右挈。
振衣仙掌巅,万事等蠛蠓。
我须史书成,沧江鼓归枻。
兴到西入关,岳图佩如玦。
铁锁攀千寻,扪天弄明月。

访顾亭林先生遗书不得

吾师精力罄残编，独溯元音遂古前。
本托良朋校鱼鲁，宁知遗刻散云烟。
鼎沦泗水终归汉，鼓落陈仓竟到燕。
此日侯芭漫惆怅，玄经千古定流传。

潘耒（1646—1708），字次耕，一字稼堂、南村，晚号止止居士，藏书室名遂初堂、大雅堂，吴江人，潘柽章弟。师事徐枋、顾炎武，博通经史、历算、音学。清康熙十八年（1679），举博学鸿词，授翰林院检讨，参与纂修《明史》，主纂《食货志》，终因浮躁而被降职。其文颇多论学之作，也能诗。所著有《类音》、《遂初堂诗集》、《遂初堂文集》、《遂初堂别集》等。

刘献廷 首

题潜籁轩和韵

玉峰有高士，痛哭寿山隈。
铁马夜千里，麻衣时一来。
自从丹旐返，不复草堂开。
珍重遗编在，沈吟日几回。

刘献廷（1648—1695），字君贤、继庄，别号广阳子，清初地理学家。先世吴县人，父官太医，遂家居顺天府大兴。喜研究佛经，读《华严经》，参入梵语、拉丁语、蒙古语而体会到四声之变，尝作《新韵谱》，称声母为"韵母"，称韵母为"韵父"。刘献廷善于接受新思想、新学说，具有强烈的民族、民主思想，有人称以他为代表的学者为"广阳学派"。

刘中柱　一首

徐健庵夫子召饮梨花下即席同纪柏子朱锡鬯汪蛟门顾宁人严荪友

蓟门春已深，到眼繁花绝。

突兀高楼前，双树俨成列。

翩翩霓裳轻，莹莹玉壶澈。

恍疑洛川神，一顾光皎洁。

忆我故园中，芳菲定堪折。

留滞京陌尘，睹此伤久别。

沽春为洗妆，幽芳卧明月。

东风能几时，吹落空阶雪。

刘中柱（约1651—约1711），宝应人，刘心学之孙。康熙中由廪生授临淮县教谕。历官户部郎中，奉命监京仓，帝以诗轴赐之。出为直隶真定府知府，裁革陋规，李塨作诗记其事。未几，乞归。工诗古文辞，常与朱彝尊、查慎行等相唱和，著有《渔山园集》、《兼隐斋诗》、《又来馆诗》、《并州百篇诗》及《史外丛谈》、《六馆日钞》等。

汪士鋐 二首

梦顾亭林先生二首

我生已后期，未识先生面。
何因入我梦，梦若素相见。
仿佛秋气凉，长安酒价贱。
醉酒侍郎家，宾朋满高宴。
先生说今古，舌锋恣酣战。
譬驰百万军，旌旗闪雷电。
众从壁上观，睒睗神色变。
余时侍其傍，一一记能遍。
先生顾谓予，子读日几卷？
予起谢不敏，酒阑犹缱绻。
著书留梦中，觉来惊漏箭。

首阳薇已枯，东篱菊亦败。
但闻先生名，少可而多怪。
何忽昨梦中，不鄙谓自郐。
示我书一编，令我心大快。
平生富撰述，洪河纳沟浍。
山水记园陵，金石穷倒薤。
今为地下郎，岂余文字债。
白首叹无儿，遗书更谁赖？
幸有宅相贤，不使蠹鱼坏。
窃发枕秘藏，三叹发聋聩。

汪士鋐（1658—1723），字文升，号退谷，又号秋泉，长洲人。康熙三十六年（1697）会元，官中允。书法与姜西溟并称"姜汪"。名公卿碑版多出其手。著《瘗鹤铭考》、《秋泉居士集》、《全秦艺文志》。

吴暻 一首

题顾亭林遗集和汪安公编修

野哭东风学采薇，累臣白首尚单衣。
江山有恨忧天醉，草木无情长地肥。
避吏赵岐谁共语？离家王粲不思归。

只余帷盖兰台旧，万卷凄凉辨是非。

吴暻（约1662—约1735），字元朗，太仓人。吴伟业子。康熙二十七年（1688）进士，官兵科给事中。以诗、画世其家学，尝蒙召入畅春苑命画清溪书屋屏风，并奉敕与王原祁等纂辑佩文斋书画谱。著《西斋集》。

徐昇初 一首

读亭林集

张李豺狼殖，中原竟不支。
栖栖一代老，惘惘九州之。
著述干戈际，江山痛哭时。
可怜秦灭后，辕固是经师。

徐昇初（1667—？），字若华，号石泉，徐昂发弟。性宽厚，人呼老佛，所居堂下荷缸产禾一茎二穗，时适王澍遇里，为书额曰"嘉穟堂"。砥学砺行，熟谙掌故，与同里胡鼎铉、江晋陈至言、金肇武诸人相唱和，为真义十景尝以所作就正长洲周准，自订诗五百余篇为《及塈集》。

范　鹏

写黄氏日钞作

国是谁支仗大江，弦歌小小试南邦。

青山埋碧人何处？遥夜寒芒出宝幢。

东吴犹有顾亭林，可似先生卫道心？

五百年来香一瓣，考亭学派到如今。

范鹏（约1725—1747），字冲一，鄞县人，全祖望得意学生。小时，他自视很高，15岁补诸生，虽少年成名，但依然努力读书，学问大进。当时与他齐名的只有鄞县城东的卢镐，两人的资器差不多，而且各有优点，卢镐精悍，范鹏缜密，他们读遍了乡里的所有藏书，又去江苏马氏小玲珑山馆、浙西赵氏小山堂借读，非常嗜学，可惜福因才折，范鹏英年早逝，只有23岁。全祖望亲自为他写墓志。

朱景英 一首

酬友人三首（其二）

亭林富著书，郡国详利病。

竹垞亦作者，经义劝考证。

地志宛溪裁,史表甬上订。
诸子实卓荦,匪以俗言胜。
援据罗丘坟,甄综匪马郑。
渊渊群书府,绠汲后来盛。
平生典校心,不愧刘子政。

朱景英(约1725—约1785),字幼芝,一字梅冶,号研北,武陵人。乾隆十五年(1750)解元。十九年知宁德县。乾隆三十四年(1769)四月二十日任台湾海防同知,驻鹿耳门,地为台湾门户,司海口商船出入,兼管四县,极为险要。而台北辽阔,南北路兵单汛薄,请派兵防卫。当局题其言。乾隆三十七年(1772)秩满回京。乾隆三十九年(1774)迁北路理番同知,署汀州邵武府。告归,除图书外,别无余蓄。其为政行所无事,而以文学饬吏治,公余阅览图籍,博雅自喜。工书法,能诗文。

先著 一首

杂诗八十二首用阮公咏怀韵(其七十四)

亭林有顾生,世变贞其贫。
考订历代事,廓清千日尘。
道丧志则孤,欲以身为殉。

只字不自欺，著书异等伦。

音学独为最，儒林此其真。

金石记山川，性天根鬼神。

避地死关中，归魂东海滨。

《之溪老生集卷八·药里续集下》

先著，生平事迹不详。

周思兼

题顾亭林先生小像

地老天荒岁月深，奇才如此竟山林。

传经独下千秋泪，历劫难灰百感心。

滚滚穷尘聊托足，茫茫异代少知音。

管宁高节苌弘血，都向遗民传里寻。

周思兼，生平事迹不详。

胡焯 一首

张石舟与何子贞既构顾先生祠,刻亭林年谱成因得睹。蔡小石司业家藏万年少秋江别思图,图作以赠亭林者也。石舟与子贞各摹其画及识语并程氏易畴题跋装为卷,石舟手书亭林赠万举人诗,又所作次顾韵题此图诗补成顾祠秋祭诗并录于卷,属赋诗得五言一首

先生圣人徒,间世乃一逢。
古音歇伶伦,调以嶰谷筒。
四部付日知,百川导之东。
郡国有利病,昭然发其蒙。
平生求友心,择善得所从。
如登东鲁堂,七十为齐踪。
艰贞守薇蕨,九州一飞蓬,
城南旧寄居,释家檐宇重。
庑下想遗躅,摩挲见双松。
二君实创议,构祠植垣墉。
陈书会朋旧,荐馨申敬恭。

纪年述遗事，传志备始终。
因睹万生画，衰柳烟濛濛。
当年渡江淮，藏名随市佣。
诗画互酬赠，翩然两冥鸿。
分摹各藏袭，仰止心无穷。
维昔夫子圣，三千悉陶镕。
六艺式古训，纤微逮鱼虫。
盘薄际天人，今古为会通。
规矩范身心，高明守中庸。
勉以慥慥志，裕为经纶功。
举措谓事业，知言能折冲。
发之于音声，大乐鸣黄钟。
论述闻子史，伦物眥函容。
生知与困学，入圣境则同。
岂稍涉藩篱，而遂以自封。
学者有通病，褊仄自矜崇。
是己而非人，喧竞失至公。
先生坦无私，孔教与折中。
儒林二百年，皎月澄心胸。
抚画诵遗诗，乡往夙所宗。
学浅拾朴砾，追琢惭良工。
因诗谂二君，惠言与摩耷。

胡焯,生平事迹不详。

孙崙 一首

拜顾宁人先生墓

胜国真名士,兴朝大布衣。
泪经天寿尽,骨自太原归。
华表今犹是,人民昔已非。
千秋存著作,拟荐首阳薇。

孙崙(约1720—约1780),字悬圃,昆山菉溪人,诸世器堂弟。

诸世器 一首

拜亭林先生墓

先代通儒远,衣冠闷此茔。
谁披元祐籍,不慕义熙名。
碑碣临官渡,梧楸近化城。
陵还知下马,心孰溯骑鲸。
忆昔风雷过,偏逢日月倾。

黄图悲瓦解，白首望河清。
慷慨挥新泪，苍茫吊旧京。
江湖空有志，天地竟无情。
既改三灵卜，旋为五岳行。
举觞邀侠客，投袂谢名甥。
秦晋都纡策，燕吴不计程。
如公真磊落，此愿太纵横。
曾以编摩暇，群推考索精。
十经归品藻，四库赖提衡。
蜀道悲臣甫，商贤泣老彭。
宁知忠孝节，独让一书生。

诸世器（1728—1776），字景筠，昆山人。年十五，于群经传记应对纵横不穷，以诸生贡成均。然其后九应江南乡举，又以贡生三应顺天乡举，卒不遇。生平笃志古学，尝东极海隅，西走甘凉，北游燕赵，所遇邮亭旅邸中，随时记录，著有《诗释地》。凤具至性，厚于师友，曾独力编纂《菉溪志》。戴震志其墓。

戚种言 一首

秋柳用顾宁人韵

芙蓉江上艳秋花,掩映衰杨傍水涯。

对景不堪丝系马,怜情犹幸树巢鸦。

风流张绪抛前事,归去陶潜认故家。

夜静霜浓溪上立,枝枝梢挂月轮斜。

戚种言(约1729—约1789),德清人,无子,戚敬言之子戚正生过继给他作嗣子。

戚理 一首

避地东村,有自淮阴来者,投余一缄,乃昆山顾宁人先生所寄,内附亡友徐存永书,盖存永死已五年,此书随先生自中土历塞外,出入万里,又复数年,今始及见。见不忍读,读不忍尽,日月□几何,而存亡之感系之矣。因泣题纸背,幽质

存永明,答亭林先生

散材落落笑山樗,托迹东阳旧草庐。
万里清秋名士路,五年黄土故人书。
文章典奥杨雄晚,糟粕沈冥阮籍疏。
好我驱车何日到?遗编重与问相如。

咸玶(约1736—约1796),字后升,泗州人。由优贡授知县。工诗,好为新语,有《笑门诗集》二十五卷、《四库总目》传于世。

韩是升 一首

梦谒顾亭林先生墓,得句云"芒鞋踏遍七州土,竹杖横挑四岳云"。九州历其七,五岳登其四,先生语也。醒时记忆遂足成之

秋窗忽作通幽梦,载拜亭林有道坟。
落笔便关天下计,跨驴常载古今文。
芒鞋踏遍七州土,竹杖横挑四岳云。
我是越江孤寄客,睡乡聊与奠斜曛。

韩是升（约1738—约1819），号旭亭，元和贡生，喜读书，刑部尚书韩崶的父亲。任过阳羡、当湖等书院教授，还曾在京城王府中讲经学，德声卓著。四十岁弃儒冠，云游四方。著有《小林屋诗文稿》、《补瓢存稿》。子韩崶后任封疆大吏，始终恭敬谨慎，受到嘉庆皇帝的知遇。韩是升八十岁大寿时，嘉庆赐匾旌奖，两年后，他无疾而终。

洪亮吉 二首

昆山访亭林草堂及传是楼故址

一百年前此县中，居然甥舅擅宗风。
甘陵植党分南北，高密传经析异同。
举世共推黄发叟，全家吾重黑头公。
重来何止茅堂圮，万卷楼荒蔓草丛。

题湖南省衡阳湘西草堂（王船山祠）

恸哭西台，当年航海君臣，知己犹余瞿相国；
羁栖南岳，此后名山著作，同心惟有顾亭林。

洪亮吉（1746—1809），初名莲，又名礼吉，字君直，一字稚存，号北江。经学家、文学家。祖籍安徽歙县。常州人，乾隆五十五年

(1790)科举榜眼,授编修。嘉庆四年(1799),上书军机王大臣言事,极论时弊,免死戍伊犁。次年诏以"罪亮吉后,言事者日少",释还。居家十年而卒。文工骈体,与孔广森并肩,学术长于舆地。

赵怀玉 一首

二老吟·昆山顾炎武

谁欤匹梨洲？亭林实并时。

少即噪复社，顾怪而归奇。

艰虞虽屡遭，载籍无不窥。

周流二十年，携书以自随。

民生悉利病，形埶谙险夷。

允为经世业，应忝王者师。

枢部甫有命，吴兵已难支。

母兮殉首阳，遗训终身持。

槐棘各思荐，刀绳誓不移。

南北五谒陵，犹切攀髯悲。

晚岁乐关中，卜筑终于斯。

有甥方鼎贵，客死甘流离。

徒留著述在，群以淹博推。

茫茫千百年，谁是深相知？

赵怀玉(1747—1823),字亿孙,号味辛,又字印川。武进人。乾隆三十年(1765)春,高宗四巡江浙,奏赋行在。乾隆四十五年(1780),又南巡,召试,赐举人,授内阁中书。出为山东青州府海防同知,署登州、兖州知府。丁父忧归,遂不复出。后主通州石港讲席六年。性坦易,工古文词。著有《亦有生斋文集》、《续集》等。

法式善 一首

访煦斋侍郎于乐贤堂,长话语及顾宁人郡国利病书,劝煦斋购之

年华日以增,朋旧日以少。
疏懒既成性,矧为笔墨扰。
趣闲访故人,入门见清筿。
几时不相接,万竿出檐表。
交深语无择,坐久月已皎。
偶然念今昔,愧比倦飞鸟。
时复投林木,思欲霜翮矫。

法式善(1752—1813),姓伍尧氏,原名运昌,字开文,别号时帆、梧门。乾隆四十五年(1780)进士,授检讨,官至侍读。乾隆帝盛赞其才,赐名"法式善",满语"奋勉有为"之意。曾参与编纂武英殿

分校《四库全书》，是我国蒙古族中唯一参加编纂《四库全书》的作者，著有《存素堂集》、《梧门诗话》、《陶庐杂录》、《清秘述闻》等。

王学浩 三首

顾宁人先生画像赞

通天地人，是为大儒。
眼有庭燎，胸有洪垆。
著书立说，继典与谟。
遭时不造，瘦笔菰芦。
东岱西华，马瘠仆痡。
死未首丘，还椟东吴。
郁郁松柏，寂寞黄垆。
我拜先生，遗像在图。

题亭林先生遗像二首

天生云鹤未教飞，万古青霄望羽衣。
伊傅胸期巨川楫，夷齐身世首山薇。
登临到处关经济，考订何人任是非。
遗像清高容肃拜，菰中心事尚依稀。

著述名山业等身,当时指屈首斯人。
未忘世事常看剑,为识天心遂入秦。
瞥眼兴亡如昨梦,白头流寓作逋民。
一门幸得全忠孝,慈训犹存泪满巾。

王学浩(1754—1832),字孟养,号椒畦。昆山人。乾隆年间举人。为人恬澹旷适,绝意干禄。遍历燕、秦、楚、粤。山水得原祁正传,结体精微,笔力苍古。中年兼涉写生,赋色极澹,自言略得元人苍古之趣。晚年专用破笔,雄浑苍老,脱尽窠臼。画格为之一变。著有《山南论画》。善书,工诗,无疾而逝。画有《宣南诗会图卷》等。

石韫玉 五首

题顾亭林先生遗像卷

胜国留遗老,先民念古欢。
著书闲岁月,入画古衣冠。
世偶逢忧患,心常在治安。
一生筹郡国,遗草尚丛残。

问讯公超市,山阿久寂寥。
心期千载远,足迹九州遥。

豹隐宁忘变，鸿飞不可招。
河汾门下士，将相满兴朝。

兴废天心定，行藏士节坚。
管宁聊避地，芘叔敢违天。
瓠史存先进，楹书付后贤。
一编日知录，绝笔盖棺年。

莽莽千墩野，荒丘宿草中。
鹤归华表在，蝶化梦魂通。
有后仍贻穀，无官亦教忠。
他时两楹下，或与仲淹同。

顾宁人

世间处士，上应少微。
求之当代，此君庶几。
著书垂训，皆治乱机。
谓王佐才，夫谁曰非？

石韫玉（1756—1837），字执如，号琢堂，吴县人。年十八，补吴县举博士弟子员。乾隆五十五年（1790）状元，授翰林院修撰。乾隆五十七年(1792),任福建乡试正考官。旋视学湖南。历官四川重庆府知府、山东按察使。因事被劾革职,念旧劳赏编修。乃引疾归,主讲苏州紫阳书院二十余年。尝修《苏州府志》,为世所重。

李富孙 一首

读国初诸公文集成断句十二首(其三)

载书驴背去乡关,顾李蜚声伯仲间。
字字渊源根六籍,不沿宋学回难攀。

李富孙(1764—1843),字既汸,嘉兴人。学有本源,与伯兄超孙、从弟遇孙有"后三李"之目。长游四方,从卢文弨、钱大昕、王昶、孙星衍等游。阮元抚浙,肄业诂经精舍,遂湛深经术。嘉庆六年(1801)拔贡生。著有《校经庼文稿》、《梅里志》、《曝书亭词注》、《鹤征录》、《李氏易解剩义》、《七经异文释》、《说文辨字正俗》等。

斌良 一首

晚抵南口(其三)

亭林山水昌平记,快读遗编尚可征。

黄瓦青杉冷云里，州民指说十三陵。

斌良（1771—1847），字吉甫，号梅舫，满族。以荫生捐主事。嘉庆十年（1805）五月，补太仆寺主事。升员外郎，充高宗皇帝实录纂修官。历任盛京兵部员外郎，户部员外郎、郎中，赏戴花翎，后调陕豫等处任按察使等职。补太仆寺少卿，曾因办案不力被降为户部郎中。升任内阁侍读学士、太仆寺卿、政通使。任都察院左副都御使。后调盛京刑部。

陈文述 一首

题顾亭林先生像

一代遗民录，千秋王佐才。
管宁浮海去，伏胜授经来。
忠孝平生志，沧桑故国哀。
即今图画里，冰雪仰风裁。

陈文述（1771—1843），字谱香，号云伯，钱塘人。嘉庆时举人，官全椒、繁昌、昭明、江都、崇明等地知县，多惠政。性孝友，与王昙、郭廪、查揆、屠倬交最契。又好修名人遗迹，常熟知县任上曾为柳如是修墓。诗学吴梅村、钱牧斋，博雅绮丽，在京师与杨芳灿齐名，时称"杨陈"，著有《碧城诗馆诗钞》、《颐道堂集》等。

车持谦 一联

为拟在钟山建亭林祠堂撰联

一代高明承母志；
千秋孤诣正人心。

车持谦（1778—1842），字秋舲，上元诸生，家贫，以书籍游幕，博洽嗜古，尤长史学，生平服膺顾亭林，地方志的史传说他为顾氏所作的年谱考据详赡，被公认为是第一本以刻本行世的亭林年谱。后来撰述之家率以车书为权舆。顾炎武之入祀乡贤祠，首先得力于车持谦的推动。

宋翔凤 二首

赠周信之中孚

寒冬十二月，雨雪方霏霏。
衣单肤生粟，袖缩手易皴。
京华故人少，闭户无车轮。
文章有深契，望衡得交君。
君是东南儒，胸中罗典坟。

亦衰经世术，一顾当空群。
前年试拔萃，奇志郁不申。
遂客长安中，著书度萧晨。
我从西南来，乍埽衣上尘。
逢君抵平素，自尔情弥亲。
旧诗互相示，各各露性真。
我词本粗放，君作殊清新。
皆非偶然出，奚必分畦畛。
更披他述作，卷第何纷纶。
修经事笔札，所获皆奇珍。
竹垞考经义，纂录良苦辛。
君能三往复，疏通益断断。
要求椟中珠，不拾烧后薪。
本朝儒林盛，特立推宁人。
读书论其世，纪年一编陈。
我思亭林叟，述作多精醇。
烦君集其要，从可知迷津。
近时考据家，坠叶同纷纷。
饾饤适足厌，绝学谁则臻？
今来得同志，斯道诚有因。
我家慎交社，寂寞过百春。
风流犹未沫，叹息怀先民。

相期结时彦，友道从可振。

可怜共贫贱，漂泊天涯身。

儒冠顾悲喑，朱门望逡巡。

但坚岁寒意，莫使磨而磷。

短歌期君和，朔风满郊闉。

题周中孚亭林先生年谱后

甲子曾题古岁名，遗民风节挹还清。

翻君一卷旁行谱，增我高山仰止情。

宋翔凤（1779—1860），字虞庭，一字于庭，长洲人。其母是庄述祖之妹，他常随母至常州，得闻庄氏今文经学。嘉庆五年（1800）举人，被选为泰州学正，历官新宁、耒阳等县知县。咸丰九年（1859）以名儒重宴鹿鸣，加衔为知府。他将阐扬微言大义的经典根据从《春秋公羊传》扩展到《论语》等多部经典，把义理阐发的重点从政治方面转移到伦理道德方面。

李以峙 一首

题顾亭林先生遗像

圣代称遗老，先生迥绝伦。
姓名高士传，志节大元民。
桑海人间世，须眉劫后身。
训言怀母氏，隐痛系君亲。
块肉终亡赵，孱躯远入秦。
陵园频恸哭，关塞屡逡巡。
星宿罗胸富，山河指掌陈。
奇文搜玉石，宝气识金银。
白眼常看俗，青睛早异人。
同心多学侣，余绪作名臣。
缃素留残帙，丹青尚幅巾。
岩岩瞻气象，忠孝炳千春。

李以峙（1780—1834），字俊甫，李世经子，昆山玉山镇人。幼颖慧，未冠补诸生，为诗文并绮丽，随父宦湘中游览，所至吟咏遂多。著有《古俊斋自怡草》，兼工骈体，食饩，旋入成均，膺道光甲午科乡荐，未及礼部试病卒，年五十五。

张昌衢

访顾亭林故居

直使风从百世闻,人间富贵等浮云。
范滂岸狱辞贤母,左彻弓衣哭故君。
书到公卿征旧史,字收金石富奇文。
荒祠遗像清高在,一掬寒泉荐夕曛。

张昌衢(约1780—?),清代诗人,有《月华清·上元观灯》诗句:"回首,看钿车宝马,六街烟绣。"

赵本扬

华麓访顾亭林先生读书故址

黄冠天地一身轻,白首关河尤里行。
莲社诗题晋处士,汉家名重鲁诸生。
园林麦饭悬双泪,故国铜驼痛二京。
为问江东几遗老,梨洲真不负初盟。

楼船闽粤控南瓯,龙驭遥从海上舟。

烽火徒闻惊岭峤,江山何地问神州?

著书绝塞王尼叹,投老无家向子游。

华麓只今遗址在,日斜回首暮云愁。

赵本扬(约1780—约1860),原名本敬,字直夫,一字靖庵,瓮安人。嘉庆戊辰(1808)举人,官江宁知县。有《学道堂诗》。

钱仪吉

亭林先生小像

孤愤伤行迈,深几密退藏。

急征辞海裔,穷士老咸阳。

陵鸟缠哀切,楹书待后长。

至今传白眼,气貌郁苍凉。

钱仪吉(1783—1850),字蔼人,号衎石,嘉兴人。自幼好诗能文。嘉庆十三年(1808)进士,改翰林院庶吉士。散馆,授户部主事,升刑科给事中。累迁至工科给事中,罢归。任职清廉耿正,严拒贿赂说情,秉公办事,受到舆论称赞。后因事降职,遂绝意仕进,游广东,主讲粤东学海堂。晚年客居开封,主讲河南大梁书院数十年,培养了不少人才。

苗夔 二首

壬子秋九月初三日，同人集亭林祠公饯子贞同年视学西蜀，愚不能无诗，因为句云

此去蚕丛入蜀程，送君因见古人情。
锦江玉垒供吟啸，剑阁琴台待品评。
仙篦此时岂健者，法元何处拜先生？
碧鸡金马归来日，记取登龙骨节铭。

读段氏说文解字，注心部德字下，知徐楚金系传吴中顾氏黄氏各有影钞北宋之本，不禁神往

生平私淑心，亭林多纂辑。
韵学接孔周，一语亮能执。
世无扬子云，鬼笑仓颉泣。
天未丧斯文，洨长秦灰拾。
南唐徐楚金，系传成四十。
汪刻落叶多，破碎不完葺。
影宋闻顾黄，藏之等什袭。

何当一借未，万拜与千揖。

补天同娲皇，动地笑惊蛰。

九泉谁修文，此举登几级。

神爽秋毫巅，主宾阆风立。

苗夔（1783—1857），字先麓，肃宁人。不好制举文，嗜六书形声之学。治许氏《说文》，精研力索，若有夙悟。后又得顾亭林《音学五书》，慕之弥笃。年二十余，即纂《毛诗韵订》，继又纂《广籀》一书。居京师，与何绍基、张穆、陈庆镛诸人游，并为曾国藩所推服，有《说文声读考》、《集韵经存韵补正》、《经韵钩沉》等书，未刊。

王荫槐 一首

昆山过顾亭林先生故里

郡国关心利病陈，玉山遗老负经纶。

河汾弟子兴唐室，辽海先生自汉民。

落日荒陵挥涕泪，征车断碣访荆榛。

高门宅相都零落，故里经过感替人。

王荫槐（约1785—？），字子和，一字味兰，江苏盱眙人。嘉庆年间举人，大挑教职。有《蠙庐诗钞》传世。本丹徒人，"以父铭贾于盱眙，遂移籍焉。弱冠即以诗名噪江左"，是盱眙历史上较为著名的诗人。王荫槐自家筑有偶园，在第一山麓，藏书万卷，沉酣其中，杜门不出，是性情中人。

王省山 四首

题亭林先生像

飘泊干戈际，流离关塞中。
乾坤遗一老，草莽有孤忠。
泪向山陵尽，文从患难工。
萧然游物外，何处弋冥鸿。

抵死辞征辟，行藏大节完。
几人双白眼，四海一黄冠。
有恨沧桑变，无家天地宽。
河汾留寓好，不复忆江干。

郡国关筹虑，周流历苦辛。
未酬经世愿，空作著书人。
鼎革多奇士，山河老逸民。
黎洲与青主，气节并嶙峋。

系缆千墩里，曾登夫子堂。

大儒光史册，老眼阅兴亡。

落落遗容在，萋萋宿草荒。

生平景仰意，翘首对昆冈。

王省山（1787—1855），字仲巡，号松坪，山西沁县人。自幼学习用功，敏于诗文。后入晋阳书院读书。嘉庆皇帝西巡五台山时，随父参加迎驾，并应试献诗祝贺，受到赏赐。越二年，以朝考二等拔贡，授太原县训导。41岁起，曾任昆山等五县县令，一摄州事，为政清廉，惩恶扬善。乐于读书，兼好书法，精于诗作。著有《菜根轩诗钞》十五卷等。

潘道根 三首

读吴止狷所辑亭林年谱有感

继往开来一寸心，丛残谱就自沈吟。

平生寄托谁能识，却聘书成意自深。

操行终身懔勿欺，由来道德重藩篱。

世情多以贫为讳，墓碣谁题无愧辞。

题顾亭林先生遗像二十二韵

腐儒竞词章,俗吏弄文墨。
六经成土羹,治道日荆棘。
煌煌圣谟训,足民先足食。
正德与厚生,敷治有良则。
敷教有明刑,百官务分职。
是维大文章,君臣互相饬。
苟无麟趾仁,周官亦虚设。
苟无关雎化,御于岂能得。
坐言起可行,读书乃有识。
猗欤顾先生,金声而玉色。
学问探其原,治道同一洫。
著书已满家,老病犹自力。
其意欲施之,惜哉日已稷。
空抱三代思,想见愤填臆。
余生嗟已后,怀之心为矗。
风教不复古,江湖曷有极。
经书利禄媒,吏治良苗蟘。
典型日已远,何人缅在昔。
今日北风凉,穷巷雪花塞。
整襟展画图,敬此巾一幅。

凤兮德何衰，斯贤不可即。
再拜为题诗，掷笔三叹息。

题顾亭林先生像

三代而后，王霸杂糅。
道统治统，划若鸿沟。
理学经济，亦歧而二。
吾道斯湮，谁职其咎？
千载著作，纷似牛毛。
先生后出，天挺人豪。
内圣外王，囊经括史。
坐言起行，合乎道揆。
圣有作焉，其言宜庸。
胡存其说，道莫之宗。
利病有书，日知有录。
经纬天地，曾不三复。
徒令儒生，训诂是争。
比彼清谈，几于好名。
何关道治，识者兴慨。
买椟还珠，纷纷几辈。
先生有知，能不嗟而？

道无终晦，五百是期。

潘道根（1788—1858），字确潜。昆山人。研求经史，旁及说文音韵之学，肆力为古文词。兼习医资生计，病者延之即往，贫者不收费。学宗程朱，私淑顾亭林、朱孝定，遍搜乡邦轶事补入志乘，辑《昆山先贤冢墓考》，又与张潜之辑《国朝昆山诗存》三十二卷。插架书满，皆手自校雠，闻善本异书，必借录副本，至老不休。力辞举孝廉方正。近有《潘道根日记》出版。

张潜之　一首

怀亭林先生

一代真儒自不磨，麻衣屡拜寿山阿。
刘蕡对策功名薄，李密陈情涕泪多。
岂有鸺雏贪腐鼠，何堪荆棘哭铜驼。
天荒地老频搔首，老向菰中托浩歌。

张潜之（1789—1849），字彦孙，号勿庵，昆山人。补新阳庠生，屡试秋闱不遇。喜为诗，与同县好友结栎社，相唱和。道光二十八年（1848），蔡世佑任新阳县令，与相契合。晚年与潘道根编《国朝昆山诗存》三十二卷。有《勿庵诗文稿》十二卷、《漫稿》四卷、《晋史谈》

三卷、《西鹿城旧事诗》二卷、《娄曲鸿爪吟》二卷及《东国竹枝词》一卷。

陆嵩

题顾亭林先生遗像

叹息遗民去不还，青衫黯淡想丰颜。
著书慷慨文中子，却聘凄凉谢叠山。
壮岁声名凌复社，暮年词赋动江关。
吾宗高隐桴亭老，合许先生伯仲间。

《意苕山关诗稿》卷一

陆嵩（1791—1860），字希孙，号方山，元和人。文子，懋修父。道光二十六年（1846）举人。任溧阳、金坛教谕，升镇江府训导。为官操守廉洁，教士以品学为先。有经世才。与叶廷管五十年友。儒而医，亦以学问行之。庚申（1860）避兵，卒于金泽寓会。著作甚富，有《意苕山馆诗稿》十六卷续一卷、叶廷管辑《劫余所见诗录》一卷（前编第二册）。

宗稷辰 一首

顾祠听雨图

荒祠春雨我曾闻，夏日来听却有君。
东海苍茫神不死，漫天涕泪洒愁云。

宗稷辰（1792—1867），字迪甫，号涤楼，会稽人。自幼攻读诗书，才学超人。道光元年（1821）举人，授内阁中书，充军机章京，迁起居注主事，再迁户部员外郎。咸丰元年（1851）任御史。太平天国举义时疏请朝廷在全国各省推行保甲制度。又疏统筹财政出入，宜崇言实去伪，清查弊端。咸丰五年（1855），清帝将谒陵，宗稷辰疏言吁请展缓一年，未准奏，遭斥责。不久，又奏言要求朝廷开文武兼资一科，广收天下人才，才尽其用。曾大力推荐左宗棠。左宗棠等得以加考送部引见。

祁寯藻 六首

顾祠听雨图为王子梅鸿题并序二首

名冠儒林传，书尊学海堂。
大贤关世运，余事付文章。

两马游应倦，双松径未荒。
至今过古寺，如谒郑公乡。

往者城南会，群儒步后尘。
闻风神契久，听雨客来频。
每读编年录，遥思垫角巾。
云台留故事，侍坐有传人。

苗先路读段氏说文解字，注心部德字下，知徐楚金系传姑苏黄氏、顾氏各有影钞北宋足本，假观之愿形诸咏叹，可谓勤已次答，以志同好

浍长说六书，古文赖哀辑。
亭林纂五书，音学允能执。
俗儒乡壁造，汗简吞声泣。
古音与今韵，错忤难收拾。
休文变古音，得一遗其十。
平水变唐韵，部分不可葺。
审音以定韵，顾氏岂剿袭。
君守小徐传，上追复下揖。

抗声段王问,如雷启冬蛰。
善本吾变慕,升阶必由级。
会当求双璧,幸勿嗟孤立。

万道人寿祺为顾亭林先生写秋江别思小幅并自记,卷尾有程氏瑶田两跋,张石州重摹,其嗣孝瞻持赠侄孙友直展卷,慨然因为题后

非僧非俗亦非儒,与物无求与世疏。
名字浮沉再转注,乾坤浩荡一蓬庐。
道人自发秋江思,让叟还留晚岁书。
独惜重摹无手跋,阳泉回望重踟躇。

次韵宗涤甫顾祠修禊

逃名谁识耋年老,别思秋江余画稿。
吊鹤空归曲沃园,浮家莫问崇明岛。
当时两马载书卷,周览中区恣搜讨。
都门古寺偶停骖,历下东湖旋就道。
至今遗迹人尚思,对客炊羹事堪考。
离披书带想阶址,郁勃虬枝动鳞爪。

先生精灵何所寄？落叶荒榛不可埽。
糟粕空将蠹简求，戈罗仰视鸿飞藐。
绣衣使者老给事，骑马避人焚谏草。
犹登礼堂肃瞻谒，共荐溪毛勤采芼。
觞咏恍依栏上里，云山直接花蒲保。
群贤莲社答形影，满坐龙门叹淑皓。
春游城郭天气新，归路林花诗句好。
猛思江海多旌旗，不觉风尘杂襟抱。
郡国谁寻利病书，功名且试河山表。
白头吟望独低垂，无复飞腾驰翰藻。

万道人赠亭林秋江别思图，藏润臣家，卷末有石州诗，注云：子贞手摹置之顾祠，今摹本已展转流传吾乡矣，题句记之

昔为逃名再转注，今看遗画几流传。
石翁仙去猿翁老，酹酒荒祠一惘然。

《㮄饤亭集后集》卷三、卷九、卷十一

祁寯藻（1793—1866），字叔颖，一字淳甫，避讳改实甫，号春圃、息翁，山西寿阳人。户部郎中祁韵士之子。幼年随父读书，嘉庆十九年

(1814)进士,曾任国子监祭酒、户部右侍郎、兵部尚书、户部尚书、体仁阁大学士、礼部尚书、太子太保。四朝重臣,三代帝师。谥号文端。一生作诗3000余首,被尊为道光诗坛领袖,书法被称为"一代书宗"。

陈庆镛

顾祠雅集图为孔拔萃宪庚

龙兴硕儒起,亭林开其先。
抗志景前哲,学海障百川。
著述遵郑孔,卓识继史迁。
郡国察利病,雕菰留遗编。
音韵订沉陆,金石穷搜研。
昔尝游齐鲁,载书到苏燕。
侯门绝干谒,奇气薄云天。
慈仁有古寺,先生曾憩焉。
炊羹共折柳,李子联吟肩。
过化留陈迹,学者竟茫然。
昔我寓京邸,数至车轵穿。
道州何公子,就中拓数椽。
岁时得仰止,松桷新有梴。
复来平定张,年谱详其巅。

五月廿八日，拜祝申蜎渊。
我每役告从，盥手奉吉蠲。
自从南旋后，无复瞻几筵。
朋侪亦云散，势如参商悬。
何归而张死，斯举成浮烟。
幸闻续胜会，祀事祀莫愆。
平定有著作，魏志桑经篇。
生企先生德，死作先生缘。
同人皆曰可，乃祔从明禋。
平定而有知，当亦慰九泉。
巢父明德后，丹青劈云笺。
竹箭东南会，瀛洲数群贤。
松柏犹苍郁，嘉荐普豆笾。
羹墙时或见，山斗常拳拳。

《籀经堂类稿》卷十

陈庆镛（1795—1858），字乾翔，号颂南，泉州人。清道光十二年（1832）进士，官至监察御史，其《申明弄赏疏》极力反对起用丧权辱国而被革职的几位清朝大臣，谏草流传，读者咋舌，直声震天下，被称为"鲠直御史"。同时是一位精研汉学和金石学学问渊博的学者，著有《籀经堂集》、《三家诗考》、《说文辞》、《古籀考》等。

汪 瑔

顾祠听雨图

长松落落号远风,楼阁出没烟云中。
风声雨声互回荡,惟觉环城树色相溟蒙。
雷辊空堂电穿牅,磊落惟堪饮一斗。
王郎跌荡矜少年,胸中自有诗千篇。
蒲笺万幅不供写,醉倒独对长松眠。
从渠唤作诗中仙。

汪瑔(1797—1858),字仲穆,一字藕渔,阳湖(今常州)人,道光十四年(1834)举人。咸丰十一年(1861)时曾在京师谒选,馆宣武门外,时与朱琦、叶名澧、符葆森等人流连山水。诗工近体,以感喟身世及纪游之作为多,时有方外之音,风格清旷高淡,亦有忧愤国事之作。黄爵滋称其"清简处直造中唐名家,雄篇壮句,卓然林立"。朱琦称其"五七律直入唐人三昧"。著有《藕渔诗钞》。

何绍基 五首

顾先生祠诗

亭林先生祠,小子始营缮。
綮惟城西偏,慈仁森佛殿。
当时寺宇宏,市集萃图卷。
国初诸老儒,买书乘暇宴。
先生结契广,侨寓置炉扇。
至今双松下,仿佛见遗趼。
承平二百载,光阴若流箭。
古碣余断龟,空梁坠饥燕。
我卜隙地宽,谓可灵爽奠。
诸公闻此议,合作相呼忭。
畚锸猥见属,木甓自遴拣。
删芜出古树,明月夜来覸。
崇崇屋三楹,烂烂秋一片。
落成奉遗像,觉揆洁盥荐。
肃然道义容,警我尘土贱。
车徐谱岁月,张子重论撰。
江南大河北,余韵搜讨遍。
勒记待贞珉,仪征濡老砚。

冬霁倏已飘,春莺复来啭。
次第皆识职,初终矢无倦。
持衡恩命被,万里指罗甸。
登程复过祠,仰止有余眷。
朔惟明代末,世苦龙蛇战。
气节诚乃隆,兵将多不练。
小儒独何为,俗学争相煽。
语录饰陋瘵,词章斗轻蒨。
先生任道坚,千古系后先。
研穷经史通,旷朗天人见。
郁积忠孝怀,惨淡时世变。
同时顾李阎,骎靳随靮韅。
余子因人成,鞭镫亦相恋。
经心执圣权,首启熙朝彦。
兵刑礼乐尊,九数六书衍。
汉宋包群流,周孔接一线。
精光烁日星,果力策雷电。
自非菰中人,孰开众目眩。
钦惟纯庙年,四库盛编纂。
万轴归文渊,千士萃秘院。
仪征实后至,草创儒林传。
论学采源流,全编有冕弁。

诸儒始相惊，乙览大称善。
元气入人心，史笔非私擅。
小子虽懵学，遗书早窥盷。
洎与修史职，读传生叹羡。
从来圣道大，青史资烂绚。
微言察天地，正路化狂狷。
功名与文章，因时见陶炼。
惟兹下学事，万古有继禅。
儒林道学会，宋史妄矜炫。
六艺天道枢，传例重班掾。
先生冠儒林，狂澜植崖堰。
君亲鉴吾身，学行须贯穿。
愿从实践入，敢恃虚谈便。
且当语黔士，庶弗规为瑱。
再拜别先生，归来已寒霰。

怀都中友人（其二十三）

正学亭林实指南，儒林第一传无惭。
礼官幸有诸孙在，庙食何时孔庑参？

诗咏顾炎武

丁巳闰夏二十有八日，集祠中，祝先生生日也。来会者祁春浦相国年丈，张诗舲少宰师，何子贞学使，朱伯韩观察，叶润臣、孔绣山两阁读，符南樵孝廉。未至者王少鹤也。子贞诗先成，和韵纪事

蒙幼志学亭林叟，卅载诵守学海帙。
乙夏春明祝公寿，今祭适逢闰生日。
同召千岁崔归来，又向双松林下集。
愿公生世歌于斯，宏展抱负施设之。
痼疾会看一药起，仁政奭必三年期。
海内兵荒痛神鬼，尊前儒疋真吾师。
古今同此忠孝诚，虽死如生佛且侍。
凡有功德于民者，虽蔬食菜羹瓜祭，
祭余重听霖雨声，二老谈经祠下憩。

丁巳仲春题于历下城南寓斋。时余将入都，故有末句

我昔初构顾君祠，思将朴学萃俦侣。
士人能读亭林书，皆得春秋拜堂庑。

仪征老笔作祠记，石洲博访葺年谱。
群贤高会无虚岁，三祀虔将成盛举。
徐张继逝苏陈归，小子子焉坛坫主。
后来吕叶冯何边，不坠风流肃樽俎。
自余衔恤还湘山，旋忝乘轺莅巴土。
十年行路困使车，四海军兴腾战鼓。
传闻古寺就颓落，想到双松成怆楚。
比来获展王郎札，饰荒得自孔君语。
固然修坠事足歆，未免回思意增抚。
人事无常有兴废，盛业不朽贯今古。
读书所贵才识兼，不在词章绚玑组。
愧余渐老炳烛光，且复间随鸥鹭伍。
烽烟扰扰望吴楚，儒术断断叹齐鲁。
觚棱北指易春秋，唐井亭前重听雨。

顾祠秋祭日，陈颂南、王子怀、苗仙露、冯鲁川、潘季玉、杨湘云、何愿船、孔绣山公饯于云深松老之庐，夜归得黎月乔送行诗次韵奉答并留别诸君子

友朋何事怅离别，别后相期在名节。

亭林祠构今十年，海宇才杰争随肩。

文词固勉根柢厚，风骨多有冰雪坚。

时事艰难各努力，身世遇合仍关天。

何绍基（1799—1873），字子贞，号东洲。湖南道州人，诗人、学者、书法家。乡试取得第一名，后又考取进士，后任翰林院编修、文渊阁校理、四川学政，因谤卸官，主讲济南、长沙等地书院。曾任国史馆提调等职，充闽贵广乡试主考官。后辞去官职，创立草堂书院，讲学授徒，与张穆于1842年在京创建顾亭林祠。

曹楙坚

题孔经之宪庚顾祠雅集图即送归山左

君家伯仲文中虎，长安共话联床雨。

群莺乱飞柳绵舞，记得江南买双橹。

陈编埋头苦点注，拔十毋乃遗其五。

西陂南池在庭户，归云且作湖山主。

亭林先生有祠宇，春秋神弦酹清酤。

旧雨今雨来可数，可惜搏沙不能聚。

毫端粲粲笔花吐，留与诗篇足千古。

岱宗山色遍齐鲁，目送归鸿槛平莽。

曹楙坚（约1800—1852），清代词人、诗人。字树蕃，号艮甫，吴县人。清道光十二年（1832）进士，改庶吉士，授刑部主事，历官湖北按察使。太平军起，佐守武昌孤城，城破，死于乱军中。著有《昙云阁诗集》、《昙云阁词钞》、《音匏集》。

孔宪彝 一首

顾祠听雨图

偶来祠畔共小憩，生日逢闰莫重祭。
酒酣趺坐双松旁，何异当年绛帷侍。
先生德业真经师，后学尚友群相期。
文章经济蕴怀愫，有才合令驱使之。
王君载酒作雅集，尘事怔忪逢此日。
且瞻画像读遗书，利病终须问篇帙。

孔宪彝（约1800—?），字叙仲，号绣山，一号秀珊，山东曲阜人。道光十七年（1837）举人，官内阁中书。工诗、画、篆刻。著《对岳楼诗录》。

孙福清 一首

往岁嘉平月十九,群仙同祝坡公寿(甲寅十二月坡公诞日。陶凫香、张诗舲两侍郎,叶润臣阁读,钱萍矼京卿张海门太史诸君同集王少雀农部斋)

绘图纪事各分题,韵事流传溯谁某。
长安五月蒸炎歊,歚门谢客疏文酒。
韩斋主人好事者,招邀同拜亭林叟。
荒祠一角傍丛林,遗像清高古师友。
少微坠地光烛天,俎豆名山道不朽。
虚堂雨过神来歚,荐以蕨薇佐菱藕。
庭松吼晚生怒涛,疑有虬龙窥户牖。
馂余促坐快浮白,一洗风尘面深黝。
座中张绪最少年,丰姿濯濯如春柳。
石林叶与琅琊王,诗篇各炙公卿口。
棣华况有孔林枝,文字缘深订交久。
我生未读万卷书,斯会叨陪觉颜厚。
磨蝎临宫何足论,飞鸿印雪诚知偶。
待写禅房话雨图,当筵大有丹青手。

忆昔顾祠展瓣香，谁其邀我何与张。
道州持节平定死，继主其事推陈黄。
侍御衔命归闽水，故人散尽无余子。
我襄厥祀今三年，每莅祠堂感无已。
冠裳接迹多英贤，文章经济相后先。
隐居行义各有得，成仁二子悲躯捐。
迩来与者日益少，祠宇倾颓满荒草。
五月大雨祭欲废，六客相将荐萍藻。
僧房幽静少人行，檐花十丈飞清声。
纵谈痛饮不知醉，双松影落深杯横。
夕阳忽下雨初止，客散驱车入城市。
丛林回望碧云凉，快雨留人堪志喜。
王君邀客写作图，寿阳相公援笔书。
一朝韵事足千古，此雨足助人欢娱。
人生聚散此可证，重来且待登高兴。
请藏此卷付闲僧，萧寺雨声真可听。

孙福清（约1800—约1860），字稼亭。生平事迹不详。

李祥 一首

朝天宫谒顾亭林先生祠

皇天存一老，蓄泪哭陪京。
亡命遭狙伺，流庸避姓名。
山仍神烈旧，宫近黎禾生。
何似慈仁寺，蘋蘩荐上卿。

李祥（约1800—约1860），生平事迹不详。

王鹄 二首

顾祠听雨图记

彰义门内报恩寺，明之大慈仁寺也。寺内迤西，别院三楹，祀顾亭林先生。盖何子贞太史张石州明经所创建。春秋及先生生日，同人醵金致祭。继主其事者陈颂南侍御也。名公贤士，会者数十人，有不约而至者，一时称盛焉。乙卯五月二十有八日，先生生日，孔绣山舍人主祀事，鹄自山左来京师，晓至祠中。绣山继焉。时大雨滂沱，午犹未已。与绣山待客双松下，凉荫四合，修竹风戛作声，与松同韵。诸天籁起，洒然有出尘想。叶润臣阁读、陈仁卿上舍、孙稼亭大令、孔玉双孝廉前后至，遂冒雨拜。祠下亭水深尺许，祭毕而雨又催诗也。回首祠宇在水中央，西山湿翠，低回送客去。颜君朗如写图，寿阳相国年丈书首，同人各咏歌之。鹄既为记，并系以诗。

　　向晓慈仁寺里行，孤吟低首祝先生。
　　九天风雨双从韵，清和云中老鹤声。

　　九原如作立朝端，宏济艰难策治安。
　　此日景行深志学，不徒香火类祠官。

王鹄（约1800—约1870），生平事迹不详。

王鉁 一首

秋柳用顾宁人先生原韵

　　荣枯转眼总空花，只觉愁肠未有涯。
　　计就染衣谁捣汁？才惭咏雪信涂鸦。
　　寄情桃李欣同调，瞥见莼鲈欢别家。

触景伤心摇落甚，雁行飞逐一枝斜。

王鉁（1801—1841），字宝儒，号萝溪，又号澹泉，河南新郑县人，项城儒学训导，清代著名理学家。道光三年（1823），以县试首卷进入县学学习。两年后考中举人。在家中教授学生，并帮助父亲编修族谱。两考进士未中。后被礼部认定具备担任教职资格，回到家乡。曾赴任成皋书院主讲，倡导修葺项城学宫，积劳成疾，死时41岁。

汪士铎 一首

和杜怀古（其五）

介然清节殿遗民，绝壑冰霜不顾春。
凤阁亲朋召弓乘，骡车书卷历燕秦。
死烦犹子蒸尝奉，交遍儒林学术醇。
壹惠与君堪共论，平生缟带少时人。

汪士铎（1802—1889），字梅村，江苏江宁（今南京市）人，清末的历史地理学家。他出身于破落的封建地主家庭，经过商，中过举人，一生以游幕和接徒为业。他的主要著作有《汪梅村先生集》、《悔翁笔记》、《南北史补志》、《水经注图》等。《汪悔翁乙丙日记》是历来议论中国人口问题最多的一部著作。

朱 琦

顾祠听雨图

一人一像藏一祠，各拈一韵题一诗。
九日高会递归去，回首已是十年期。

当时经始何与张，后来诗客琅琊王。
泼墨作图卷飞雨，双松照影吟笙簧。

僧寮瓦古短垣圮，独惜平子成先死。
峨眉仙人亦败谪，旧游落落今余几。

东山酌酒气犹豪，薛华长句风格高。
青眼相逢苦不早，索居畏客如藏逃。

春寒苦雨已二月，松荫黯黯还积雪。
城西荒祠无人到，独对此图叹幽绝。

朱琦（1803—1861），清代文学家，岭西五大家之一。字伯韩（一说字濂甫），号伯韩，临桂（今广西桂林市）人。道光十一年（1831）中举人。道光十五年（1835）中进士。官至御史，以直言敢谏与苏廷魁、陈庆镛合称"谏垣三直"。晚年总理杭州团练局，遇太平天国攻杭州被杀，赠太常寺卿。其文章醇厚有味，诗格雄浑，是桐城派在广西的代表作家之一。咸丰六年（1856）顾祠维修后，他写了《顾亭林先生祠记》一文。著有《怡志堂诗文集》。

林昌彝

论诗一百又五首（其一）

胸罗列宿贯三壬，一首诗歌一字金。
当代风骚谁领袖？开山独让顾亭林。

林昌彝（1803—约1873），近代学者、诗人、诗评家。字惠常，号茶叟、五虎山人。侯官人。道光十九年（1839）举人，多次会试不中。因献《三礼通释》，于咸丰八年（1858）得建宁府学教职，仅一年即被排挤去官。同治年间，一度掌教廉州海门书院。约卒于同治末年。

张金镛

读亭林山人诗

河流天上来，月魄海中皎。

洪钟蓄奇响，大泽胎异宝。
神龙具全体，于诗露一爪。
旁皇成至文，喷薄吐元造。
万事有根干，孤心斡幽窈。
一身刀绳余，六合蓁莽扫。
纷纷削槩家，竞夺化工巧。
岂知大雅堂，崔嵬矗云表。

张金镛（1805—1860），原名敦颙，字良甫，号海门，又号笙伯、忍庵，浙江平湖人。道光二十一年（1841）进士，官编修。咸丰七年（1857）升翰林院侍讲，以母忧归，遂卒。喜画梅，疏影横枝，得水边篱落之致。兼善分、隶，豪情跌宕。早擅文誉，工诗，尤深于词。著《躬厚堂诗文集》、《绛跗山馆词录》、《墨林今话续编》、《张氏家乘》、《平湖县志》。

鲁一同 一首

四月三日同人祀顾亭林先生于报国寺遂为展禊之会赋五十韵

同昔来上都，惟宣庙中年。
朝野方骧虞，红尘溢街廛。

公卿多魁梧,折节能下贤。
城南冠裳会,车马如波澜。
江亭揖太行,佳气浮晴烟。
锵锵鸣佩玉,肃肃陈豆笾。
沽酒必芳醴,割炙必肥鲜。
妙墨永和姿,鸿文流觞篇。
朝士或不与,与者疑登仙。
以兹盛传播,亦复遭讥弹。
中间隔世事,我又归田园。
及乎嗣皇初,重道开经筵。
庙谟急军食,教则师儒先。
开国有大儒,遗文日经天。
春秋肃将祀,庙貌巍如山。
招揖九州士,牲醴陈阶堧。
鲰生忝下风,拜跪中维虔。
默想斯人徒,会合启贞元。
颠倒王霸略,斟酌周孔编。
实录甄累朝,形势穷九边。
虽非王者师,将相盈其门。
当时开太平,此老实仔肩。
惜哉风教歇,文雅生灾患。
祸始邪淫辞,又失教养源。

中间吏治衰，武备余空荃。
蟊坏久西南，一决成溃川。
江汉为荒蹊，吴楚无坚垣。
震惊及畿郊，天弓始张弦。
两载河朔清，恶首犹未骈。
已觉元气苏，中外交骦阗。
昨来拜阙下，金爵浮云端。
新绿霭绿沟，繁红骄上阑。
列肆璨珍璆，迟日明管弦。
有时冲锋出，访旧沙尘间。
官阀或已崇，门巷赫新迁。
中惟叶与孔，矢志同咸酸。
官米但易书，暇即空芳尊。
故交已晨星，新交多英骞。
再续城南游，先之陈炮燔。
入门心恻怆，有庙无篱藩，
地惧空王夺，司无典守存。
大松起寒涛，西日低城阍。
欻如精灵来，悯此生民艰。
座中桂林客，五载疲戎轩。
何况两国老，身荷三朝恩。
努力佐中兴，扫荡清乾坤。

商颂土芒芒，大雅车檀檀。

且诘周戎兵，勿陈虞羽干。

功成荐太庙，巨笔摩天垠。

浩歌去沧波，呜乎行路难。

鲁一同（1805—1863），字通甫，涟水人。善属文，师事潘德舆。道光十五年（1835）中举，此后屡次会试不第。于时事很是关心，其政治见解，得到林则徐、曾国藩等当时很多知名人士的欣赏。太平天国运动时期，他曾协助清河县知县吴棠积极应对，并向清将领江忠源出谋献策。为文务切世情，古茂峻厉，有杜牧、尹洙之风。工诗善画，文章气势挺拔，切于时事，漕督周天爵见之，曰："天下大材也，岂直文字哉！"曾国藩叹异之。著有《通甫类稿》、《通甫诗存》等。

朴珪寿　一首

辛酉暮春二十有八日，与沈仲复秉成、董研秋文焕两翰林，王定甫拯农部，黄翔云云鹄、王霞举轩两库部，同谒亭林先生祠，会饮慈仁寺。时冯鲁川志沂将赴庐州知府之行，自热河未还。后数日追至，

又饮仲复书楼，聊以一诗呈诸君求和，篇中有三数字叠韵，敢据亭林先生语，不以为拘云（片断）

尚论顾子学，轨道示我由。
坐言起便行，实事是惟求。
经学即理学，一言足千秋。
先生古逸民，当时少等侔。
绪论在家庭，我生袭箕裘。
曩得张氏书，本末勤纂修。
始知俎豆地，群贤划良筹。
遗像肃清高，峨冠衣带褒。
欲下瓣香拜，殷勤谁与谋？
邂逅数君子，私淑学而优。
天缘巧凑合，期我禅房幽。
相揖谒先生，升堂衣便抠。
笾实荐时品，爵酒献东瓯。
须臾微雨过，古屋风飕飕。

……

经济根经术，二者岂盾矛。
礼乐配兵刑，曾非悬赘疣。
高谈忽名教，陋儒徒欢咻。

训诂与义理,交须如匹述。

总是顾氏徒,端绪细寻抽。

总是瓛卿友,判非薰与莸。

一扫门户见,致远深可钩。

朴珪寿(1807—1877),朝鲜王朝后期著名的政治家、思想家。朝鲜高宗时的重臣,初字桓卿,号桓斋;1830年后改字瓛卿,号瓛斋。本贯潘南(今韩国全罗南道罗州)。朝鲜正祖时著名实学思想家朴趾源之孙,官至右议政。不仅继承并发扬了实学思想,更萌生出有利于朝鲜近代化的新见解,因此被认为是开化思想的始祖之一。他以朝鲜行在问安副使身份所参加的咸丰十一年(1861)三月二十八日的祭祀活动,是顾祠同人为他特设的一祭。

张 穆 二首

题万年少秋江别思卷子即用亭林赠万诗韵。此卷初归休宁程孟嘉,让堂老人为作跋,后归莱太仆友石年丈。丁未冬,太仆长君小石司业(见张穆所撰亭林年谱)载有此谱,出卷索题,子贞同年手摹

一本,将置之亭林祠堂,又以韵和之,以应小石之嘱。时大寒节后二日也

最苦元黄会,此身落世纲。
侧足宇宙间,无地堪长往。
大江流日夜,秋心剧森爽。
可怜大厦材,斤斧横天柱。
贾与僧等耳,无复儒生像。
顾子经纶抱,名字寄遐想。
流转久吴会,迟未亲尘鞅。
万子定磊落,豪情代靡两。
生平彼美思,清淮得片壤。
风萍一朝合,铜驼泣榛莽。
拿桌更相寻,草堂快抵掌。
泚笔写秋清,浩渺搴书幌。
咄嗟旧宾客,毅魄随夔魉。
秋思果何许,时会靖板荡。
尺幅落人间,名流重矜赏。
祠宇岂吾私,前车戒标榜。

丁未九日顾祠秋禊图
得燕字戊申元日补作

康熙七年春①，顾子客畿甸。
三徐时里居，行滕倚僧院。
琴剑一昔留，庙貌千载擅。
井亭初结苺，檐竹已苍蒨。
宋儒书百帙，唐人石一片②。
断手癸卯夏，何君实营缮。
壁鲜画字蜗，梁来定巢燕。
吾从何君后，岁时絜椒奠。
岂有门户私，讲堂拟首善。
将以证实学，觊或化辟嚥。
太息浮华士，凭虚事论撰。
厉其雌黄吻，抗我山斗面。
此风自何时，学术又一变。
旧史遭涂乙，鸿章自评选。
谬学薪火熠，速化枵腹便。
吾无力拯之，坐观丹碧绚。
一卮酹顾子，敬申苹藻荐。

---

① 是岁戊申。
② 新刻《宋元学案》百卷、唐张夫人墓志俱存祠中。

遗书所沾胸，功足翼笺传。

治乱古今彻，吏事自精炼。

有时胥史籍，不让曾欧先。

陶镕归实用，肯侈美服袨。

永靖水火争，一洗裨贩贱。

何君规模扩，结识多才彦。

小子意量狭，交旧余狂狷。

志同趣岂异，颖脱利钝见。

硁硁朱御史，曾此共谈燕。

因作赠行诗，触我归田羡。

双松翠拂屋，阅人荣枯遍。

回溯顾子游，又四戊申禅。

相期求实事，无以规为瑱。

张穆（1808—1849），山西平定人，近代的爱国思想家、地理学家、诗人和书法家。鸦片战争中，他曾抱着爱国热情上书言事，奔走呼号，联络在京友人何绍基等一批爱国志士，在报国寺内建起顾亭林祠，通过纪念顾炎武的活动，振奋人心。此后，他本着张扬国威、抵御俄国侵略的目的，致力于西北边疆地理和蒙古史的研究。

蒋敦复

题明季诸人遗诗后

空山杜宇拜遗民,秦陇之间老此身。
避地风霜先草木,著书经济独天人。
白衣肯附征君录,皂帽应留故国尘。
二祖十宗何处是?长陵秋祭孝陵春。

蒋敦复(1808—1867),字克父,宝山人。幼有神童誉,13岁读毕13部儒家经典,生性旷达,落拓不羁。1842年英军入侵,敦复上书两江总督牛鉴,献策抵御,因直言触犯官员,险被逮捕。避祸入净信寺为僧。战后牛鉴被查办,还俗,浪迹大江南北,晚年寓沪,与王韬、李善兰并称"海天三友",有《啸古堂诗文集》、《芬陀利室词》等。

潘曾绶

顾祠听雨图

先生一去二百载,年谱编成忆石洲。
朴学真传谁得髓,文章经济自千秋。

横云山客渺何许，峨眉仙人今不来，
惟有双松依旧在，萧萧风雨独徘徊。

子梅不见已经年，听雨图成寄一编。
屈指登高佳节近，禅房读画倍情牵。

潘曾绶(1810—1883)，初名曾鉴，字绂庭，吴县人，潘世恩子，曾沂、曾莹弟，潘祖荫父。道光二十年(1840)举人，历官内阁中书、内阁侍读等。以父年高致仕，引疾归养。父丧终，不复出。后以祖荫贵，就养京师，优游文史，宏奖后进，布衣萧然，无异寒素。老病杜门，仅与李慈铭相往还。工诗文和词，又善弹琴。著有《兰陔书屋诗集》、《花好月圆室词》等词集。自订《绂庭先生年谱》。

张曦照

顾祠听雨图

慈仁寺前风习习，双松横卷老龙泣。
千军万马破空来，大雨盆倾打窗湿。
风声雨声两骤驰，同人正集顾君祠。
顾君朴学继孔郑，淹雅足为儒林师。
子贞太史建祠祀，春秋瞻拜聚多士。

岁在乙卯仲夏时，车马重过长安市。

馨香俎豆祝生辰，荐以萍藻孔舍人。

六客相将冒雨至，软红不起车无尘。

清醑奠毕间听雨，纵饮高谈日卓午。

座中豪兴琅琊王，绘图快倩颜师古。

图成题咏遍名贤，佳作林立如珠联。

寿阳相国尤超绝，手笔不让许与燕。

鳃生嗜古资绠汲，心香敬奉学海集。

披图疑坐春风中，衣上征尘朝雨浥。

张曦照（约18010—约1880），字海初，清咸丰、同治、道光年间诗人，具体生卒时间不详。曾编有《秦淮艳曲》，1875年出版。

莫友芝 一首

舟中望昆山

安舟凭午睡，睡起见昆山。

婉娈如相识，扳跻苦未闲。

故冢余瓦砾，高家漫榛菅。

何以亭林叟，遒然天地间。

莫友芝（1811—1871），字子偲，自号郘亭，又号紫泉、眲叟，贵州独山人。晚清金石学家、目录版本学家、书法家，宋诗派重要成员。家世传业，通文字训诂之学，与遵义郑珍并称"西南巨儒"。

曾国藩 一首

丙午初冬寓居报国寺赋诗五首（其四）

俗儒阁阁蛙乱鸣，亭林老子初金声。
昌平山水委灰烬，可怜孤臣泪纵横。
东西南北辙迹遍，断柯缺斧终无成。
独有文书巨眼在，北斗丽天万古明。
声音上溯三皇始，地志欲掩四子名。
丈夫立言要须尔，击瓮拊缶乌足鸣。
嗟余孱退昏庸百不力，付与四海刘传莹。

曾国藩（1811—1872），字伯涵，号涤生，宗圣曾子七十世孙。道光十八年（1838）中进士，累迁内阁学士，礼部侍郎，署兵、工、刑、吏部侍郎。对清王朝的政治、军事、文化、经济等方面都产生了深远的影响。中国第一艘轮船、第一所兵工学堂、第一批西方书籍、第一批赴美留学生的出现和产生，都与其有关，他是中国近代化建设的开拓者。

叶名沣  十一首

访顾亭林先生故居

吴苑论耆旧，如君盖世贤。
关山穷辙迹，著作送余年。
经纬鸿儒业，兴亡肇域篇。
卜居曾此地，蔓草问荒椽。

慈仁寺重修顾亭林先生祠，同人于九日举行秋祭醵饮

祠屋三间傍老椿，扫除蛸户涤余榛。
廊楹未具遗规在，风雨犹依古德邻。
樽酒一堂申宿好，瓣香千载式先民。
旧闻他日谁增记，岁月婵媛视翠珉。

闰月二十八日，王子梅招集慈仁寺，何子贞作诗纪事，因次其韵亭林先生生辰为五月二十八日，每岁设祭祠中，名沣必与焉

解鞍松下晚来憩，三旬回溯祠屋祭。
先生一去二百年，私淑幸许吾曹侍。
昆山人士崇经师，俎豆未展悬弧期。
生辰逢闰事亦偶，一觞聊复斟酌之。
苍涛谡谡云阴集，折柳炊羹曾几日。
西风催雨归掩门，兀坐挑灯叩残帙。

三月三日顾先生祠致祭集饮

顾君旧祠宇，孰令委蒿蓬。
今日冠裳集，斯文禊饮中。
精灵犹逆旅，花木自春风。
一片青山石，韩陵事许同。

三月十二日同人至大慈仁寺集顾亭林先生祠感而有作

城西大慈仁，经年别未久。
驱车怯重游，往事心难剖。
呜呼顾先生，绝学关枢纽。
身后获馨祀，茅宇未盈亩。
残僧日苦贫，不复给帚帚。
颇闻昏黑间，穿窬兹逋薮。
一星曾未终，规模恐难守。
东风荡春晴，初日照窗牖。
孔君招我来，再拜陈肴酒。
馂余略仪文，高歌罄大斗。
零蕊小桃妍，疏响寒篁朽。
欹垣鼠鼯鼪，败壁缀蝌蚪。
心悲靖阳长，衬主埋尘垢。
何时共王吕，一堂罗脯糗。
诸君隔幽明，不得展亲厚。
蜀道走何郎，螺江返陈叟。
飘风散飞蓬，夜雨思鹡鸰。
凡我同术人，黾勉敦尚友。
休猷履綦烦，毋贻懵学咎。

未雨亟绸缪，及时免蒿莠。
景行此高山，幻象叹苍狗。
出门一欷歔，何处蒲牢吼。

四月三日雨后慈仁寺顾祠展禊同集者凡十有九人

青山雨后绕城斜，主客风流感岁华。
野意苍茫聊蹑履，浮生踪迹付抟沙。
冠裳不负文章薮，俎豆犹存著录家。
酹罢菰中老居士，一舫相向听归鸦。

题孔经之宪庚顾祠图册每岁顾亭林先生生日，同人设祀祠中。今年五月二十八日至者十八人，经之与焉。祠在慈仁寺侧，先生旧居地也

征君昔远适，曾止燕台下。
寸衷准百代，著书自陶写。
旧居拓祠宇，云物尚萧洒。
自从经营暨，岁时罗尊斝。

冉冉双丸中，故交日以寡。
并坐得孔君，缵事托风雅。
因悲三晋客，墓草行堪把。
晖晖竹光妍，浩浩松籁泻。
世尊默无言，西山峙遥野。

顾祠听雨词

禅寺自今昔，萧萧风雨音。
旧游余几辈，望远一登临。
独酒愁难写，西山夕易阴。
岁时兹俎豆，携手意何深。

七月十五日载酒至慈仁寺饬办素食与汪仲穆、孔绣山两君议重修顾亭林先生祠

宿雨濯余燠，疏风忽清朝。
延客却冠带，策骑寻僧寮。
入门数松响，列佛层云交。
湛湛凉露洁，亭亭初日高。
寺有顾君屋，岁见棘蔓渚。

经始孰云远，户牖倏已凋。
聚散尘劫感，兴废蕠木嘲。
良朋二三子，同气笙竽调。
休持米汁戒，用屏珍鲑器。
围坐各长喟，望古心焉忉。
挈榼更簶日，为乐期吾曹。

九日集慈仁寺顾亭林先生祠即事

秋到重阳风雨稀，携壶趁晓叩禅扉。
抖将酩酊销悉思，且喜朋侪慰渴饥。
槃敦词坛谁作健，莼鲈乡国梦都非。
荒祠欲去频惆怅，一径松声黯夕晖。

都下慈仁寺有顾亭林先生祠，每岁春秋褉及先生生日致祭，余皆与其事。夏初将出都，适同人展禊事为余设饯，固辞未赴，望远有怀

樱桃芍药渐凋零，门外骊驹未肯停。
禊饮畏逢离别地，僧寮竟作短长亭。
张陈交谊愁迟暮，后及风流尚典型。

独忆昆卢旧时阁，西山雨后绕阑青。

叶名沣（1811—1859），字润臣，号翰源。湖北汉阳人，先世籍江苏溧水。世有魁硕巨儒，家多金石文史之藏。兄叶名琛，官至两广总督、大学士。叶名沣道光十七年（1837）中举。历任内阁中书，国史馆、玉牒馆纂修，侍读学士，京察优等。输资捐官得浙江试用道。赴浙途中闻兄叶名琛被俘卒于印度，抑郁惊恐致病，抵杭州遽卒。

周寿昌 四首

题顾祠修禊图

百年老屋存无几，杜陵千间竟谁芘。
寓公远溯亭林生，古瓦荒凉问遗址。

先生故里江之东，老来寻胜游关中。
吾庐谁爱陶彭泽，旧庑曾依皋伯通。

此间游迹如过鸟，岂有精庐生带草。
一龛香火祀先生，好事转愁吾辈少。

王君妙笔同辋川，剡藤三尺挥云烟。

他时重访庞公宅,更作长安逸事传。

周寿昌(1814—1884),字应甫,一字荇农,号友生、自庵等,长沙人。年十八,补县学生。道光二十四年(1844)中顺天乡试南元,次年进士,由编修累迁内阁学士兼礼部侍郎。太平军入湘,两钦差大臣逗留不战,寿昌上疏弹劾,时人服其敢言。太平军占领南京,分兵北伐,又上书陈述方略,被命随办京畿防卫。光绪初罢官居京师,以著述为事,诗文、书、画,俱负重名。著有《思益堂集》、《前汉书注校补》等五十余卷。

王拯 一首

丙辰夏日偶游慈仁寺,谒顾祠,忽见垣宇就颓,不胜感喟。适孔绣山同年丈持子梅先生此图索题,不禁走笔,拉杂成此,书呈大教

(又名《绣山属为王子梅题顾祠听雨图书感》)

我观胜国时,骏厉迨商俗。
谁令士气奋,不救国龄促。
颇疑讲学弊,学子百书束。
事至张空拳,冥心转如襥。
昆山慨然兴,朴学始开勖。

天人独研擘，日月继哀录。
旁搜暨圜方，资用惟帛粟。
万事识权舆，百王相继续。
犂然在经策，暗室秉明烛。
昭代百年来，兹风实饶沃。
畴人与经师，前后接踵足。
居然造通圣，各自由偏曲。
岂无或破残，是有宜亭毒。
功惟许郑崇，论与程朱笃。
阎朱江戴伦，境地日开刜。
潭潭学海堂，捃载罗群箓。
京师时宴居，古寺寻芳躅。
巍然祠宇兴，香火征曹局。
首事厥张何，殷勤资奋挏。
我时实肩后，末座衣惨绿。
如何十载余，世事日迂趑，
平子怆先亡，配食宜杯醁。
忆余重来日，时荐犹有属。
春风来集燕，檐角明新旭。
记曾设祖筵，值我随戎纛。
□哉淮蔡役，翻作陈陶哭。
世路遂崎岖，归人老蜷局。

清晨偶来过，茂草怜停瞩。
堂宠虽幸存，楹角已如褥，
颓垣角砺牛，坏壁粪堆鸽。
平叔颇一还，江湖重结束。
昔伤履舄烦，今感笻枝独。
舍人虽拮据，所愿乃空欲。
偶携簪椟来，听雨倦车仆。
吾家为此图，毋亦志哀告。
我今览时事，慷慨倍击触。
不观彼彦髦，晚近弥碌碌。
声文佐拘挛，章缝成桎梏。
胡哉诗书化，奚俾绳尺酷。
驽车困太行，矫首怀骥騄。
杨朱泣歧路，抗志宜仪躅。
时风本学术，救疾贵昌歇。
未识起先生，吾衰定何赎。
闻将醵同侪，洒扫荐芳郁。
未能重兴作，一为除尘燸。

王拯（1815—1876），初名锡振，字定甫，号少鹤。广西马平人。为桐城派古文广西五家之一，兼善诗词、书画。道光二十一年（1841）进士。授户部主事，充军机章京。太平天国起义爆发后，随大学士赛尚阿到广西督师，条奏《团练十则》。后升任大理寺少卿，迁太常寺卿，署左副御史，擢通政使。曾多次上疏议政，以直言见忌，被降职，告老还乡，主讲于桂林榕湖经舍、秀峰讲舍。著有《龙壁山诗文集》、《茂陵秋雨词》、《归方评点史记合笔》等。

张逢壬

顾祠听雨图

早读亭林集，瞻祠愿未酬。
其人高百代，此举足千秋。
后学闻风起，僧寮听雨留。
披图深景仰，雅韵剧绸缪。

张逢壬（约1815—约1895），具体生卒年不详。字滋源，清咸丰、同治、道光年间人物，曾任堂邑县知县。

陈克家

章丘怀顾亭林先生

泪尽冬青树上枝，田歌义等採薇词。

老为北客心犹壮，隐异南阳事可师。

结屋不愁无隙地，荷锄谁分枉清时。

逸民旷发儒林藻，汗简长留百代思。

陈克家（约1818—1860），字子刚，元和人。道光二十四年（1844）举人。少英异，为桐城姚莹所器重。抗心希古，落落寡合。文章自许北宋，俪体宗六朝，诗学黄庭坚。咸丰三年（1853），挑教职。时金陵为太平天国占据，钦差大臣向荣驻师城外，翼长福兴阿聘克家入幕。福迁去，江南提督张国梁复聘之。咸丰十年（1860）闰三月，国梁檄克家主健勇营事。十五日，督弁勇迎战，兵败死之。克家祖鹤，熟精明代事，为明纪一书，用通鉴义法，崇祯三年后犹阙，克家续成之。

孔宪彀 一首

顾祠听雨图

蹇驴破帽来卢沟，黄尘十丈迷双眸。

刺促胸怀生郁攸，故人招作城南游。

城南古寺清且幽，闻之喜如鹰脱鞲。

檐溜临晨雨声急，冲泥不惜衣襟湿。

更蹑蜡屐戴大笠，此游不为看山出。

来与亭林作生日。

先生昭代薛文清,说经能接郑康成。
出处大节昭贞珉,不独少微留曙星。
寒泉一掬洗醽醁,莘莘俎豆陈芳馨。
祝词妥侑通精诚,飒飒仿佛灵旗声。
槛外修竹坐中士,翩翩张绪年华绮。
风流喜对孙兴公,豪迈更逢王武子。
舍人健笔凌云起,一洗人间筝琶声。
长公诗意亦清美,吹篪敢道叶宫征,
且从他乡话桑梓。
呜呼!公昔读书东海滨,
东山相去犹比邻。
流传著述存其真,菰中一卷墨华新。
吉光片羽弥堪珍,披图光如颜色亲。
玉虹楼已生埃尘,徒令话雨增酸辛①。

孔宪彀(1820—约1880),字玉双,山东曲阜人。咸丰六年(1856)丙辰科进士,改庶吉士,散馆改户部主事,官至广东肇罗道,著有《玉双诗稿》。

---

① 山东曲阜孔氏玉虹楼曾出版顾炎武所撰的《菰中随笔》校刊本。

金葆桢

北雅楼论诗新咏一百首
[又名《论诗绝句》（其一）]

忠爱萦怀百感增，亭林无愧大儒称。
关河匹马秋风里，余事犹能逼少陵。

金葆桢（约1820—约1900），清末诗人。所辑《北雅楼闲居著书图题咏》曾于民国四年（1915）以影印本形式出版。

徐 储

过曲沃宜园废址怀顾宁人先生

去国真怜著作才，穷愁投志此山隈。
只今绛浍余清波，想见先生洗砚来。

徐储（约1820—约1900），生平事迹不详。此诗载于《曲沃县志》（民国版）。

谢章铤

谒顾先生祠

亭林古逸民,著书何沉痛。

饱看十三朝,斜阳把酒送。

颇讲后王师,讵恤平生空。

空桑偶一宿,几筵此暂供。

眷怀节母言,伤心明廷贡。

回首昌平山,谒陵凡几梦。

飘零谢乡里,首丘谁忍讽。

旧时诸亲串,繁华虱逃缝。

儒林文苑间,位置聊从众。

石州侍香火,应知潜龙用。

嗟彼阎征君,博洽不足共。

谢章铤(1820—1903),字枚如,福建长乐人。羁栖万里,足迹半九州。尝三登太华,一抵岱宗,两上霍童,六度太行,驱车青玉峡高壁岭。后受聘于丹霞芝山书院,任主讲。乡试中举后,到各地游历讲学。1877年考取进士,旋离京南归。大吏聘他为致用书院山长,以教书卖字为生。工诗词,有《赌棋山庄集》传世。游历、讲学、著述是其人生三大事。

许国年

慈仁寺谒顾亭林先生祠

七十复何求,遗民第一流。
日星慈母训,风雨孝陵秋。
气节两朝冠,文章百代留。
明夷箕子困,同志采薇俦。
梦梦凭谁问,滔滔尚可怜。
身逢天宝日,心在义熙年。
俎豆终无替,须眉尚懔然。
双松今古翠,常在一龛前。

许国年,生平事迹不详,应生活于清道光、咸丰年间。

锡 缜

城南以九日祭顾亭林先生为诗酒之会汪重穆孝廉东游之不果往作诗呈诸君子得九字三十四韵

阳湖汪孝廉,招我作重九。

诗咏顾炎武

云祭顾先生，尝得同心友。
年年燕城南，名士曰某某。
欲往行彳亍，不往情窈纠。
终愧未读书，莫敢从其后。
窃自发狂言，为君下浊酒。
昆山之为学，明代皆非偶。
实综汉与宋，独有其所有。
上下数百年，自能挺不朽。
同时诸君子，逊其大而久。
后之考据家，字句权子母。
欣或矜著作，但有文在手。
欣或讲心性，但有学在口。
陈言总浮泛，厚禄博升斗。
士而无事食，何如有功狗？
昆山脱有知，当弗忍回首。
侧闻诸君子，云肩披翰薮。
榛楛成岂弟，棫樸供薪槱。
菲唯列八厨，行将歌四牡。
天下有利病，吾党献可否。
能与时变通，宜在帝左右。
方今民殿屎，多辟非天牗。
吏□知抚字，将□知战守。

鸿雁鸣嗸嗸，干城失赳赳。
中原滋不竞，谁与堪执咎。
缜也始为郎，地官事奔走。
身言与书判，在在冒可丑。
无才讵有用，论文未敢苟。
眷焉望骚坛，岂得私敝帚。
顾以诸君学，上为昆山寿。
维时秋已深，涤场见农亩。
新黄正菊花，残绿尚杨柳。
求友鸟鸣嘤，式燕鱼丽酒。
载肄小雅诗，录之畀汪叟。

锡缜（1822—1884），字厚安，号渌石，博尔济吉特氏，蒙古人。其父保恒曾任西安参将、直隶总督等职，故青少年时即随其父历居陕甘青江淮及直隶等地，拜汉族名师学习汉文经籍诗词。咸丰六年（1856）进士。由户部郎中授江西督粮道，为驻藏大臣，乞病归。工书，善诗文，有《退复轩诗文集》七卷，其中古近体诗和古体散文文学价值较高。

黄彭年 三首

墟社难追汉晋年，孤臣空□京宅篇。
清祠寂历双松下，留取芳名照后贤。

廿八年前溯旧游，后来接迹尽英流。
仲圭画手今犹在，秋禊重摹第几图。

潜邱青主皆同调，七至太原殊有情。
我对天门独惆怅，月斋墓草已纵横。

　　黄彭年（1823—1891），出身仕宦之家，其父黄辅辰为清一代循吏。子黄国瑾，亦知名。道光二十三年（1843）举人，二十七年（1847）进士。改翰林院庶吉士，散馆授编修。咸丰初年，随父在籍办团练。同治初，入川督骆秉章幕，因功得保荐。后陕西巡抚刘蓉聘其主讲关中书院，久之，李鸿章聘其修《畿辅通志》，并主讲莲池书院。光绪八年（1882）升按察使。年余，结案40余起，平反冤案十数起。光绪十一年（1885）调陕西按察使署布政使、江苏布政使、湖北布政使，逝于任上。

吴大廷　一首

题顾亭林先生诗集后

胜朝吴下一诸生，毕世栖栖旅客情。
高蹈自希庞隐士，传经未让郑康成。
昂藏大志期追古，尤患余年尚论兵。

即诵诗歌亦奇健,犹能吐气截长鲸。

吴大廷(1824—1877),字桐云,湖南沅陵人。咸丰五年(1855)举人。同治五年(1866),奉旨担任按察使衔分巡台湾兵备道,为清治时期台湾的管理者,在官能兴利除弊,数为胡林翼、曾国藩等所荐而仕不达,辛赠太仆寺卿,有《小酉腴山馆诗文钞》。

沧浪亭五百名贤碑刻

顾炎武像赞语

一代大儒,学贯天人。
隐居求志,比迹河汾。

许其光

鲍子年属秦谊亭王小铁各绘一图,乞同人题咏,不揣固陋,先录于卷以就正焉

太行山势万云屯,欲买耕畲教子孙。
唐魏遗民空想像,河汾高足溯渊源。

当年宅相科名盛,今日先生俎豆尊。
莫谓雄豪非宋学,洮西结客可同论。

许其光(1827—?),字懋昭,号叔文。祖籍仁和,生于番禺。清道光三十年(1850)榜眼。授翰林院编修。两任湖北乡试副考官、顺天乡试同考官,擢升翰林院侍讲,升补编纂,补授翰林院侍讲,补授广西桂林遗缺知府,又补思恩府知府。以道员尽先补用,署左江兵备道,授福建道监察御史,转掌四川京畿道,署工科给事中。官至御史、广西后补道、直隶候补道。因病回籍医治调理,被推举为学海堂学长。此诗作于同治七年(1868)十月初三。

翁同龢 四首

和孙毓汶赠诗

城南顾祠我夙经,凫翁猿叟偕诗龄。
拈新斗隽日不倦,时或野饮罗芳腥。
今我与君并侍延,同搔白发劳神形。
自惭金谷非所习,东南民力嗟凋零。
朝来大风欲冻瓶,纸窗尚敞司农厅。
散衙轻车坐摇兀,真同尘海飘秋萍。

摹万年少赠顾亭林渡江图

㵁西沙门慧寿者，徐州万年少寿祺也，上章摄提格之岁，顾先生年三十八，为怨家倾陷，乃变衣冠作商贾往来吴越间。明年谒明孝陵，因至公路浦而万君以避邳徐之乱，移家于此，遂与定交，有赠万举人诗。此图之作正其时也。图今在梁节庵所，费屺怀临一本寄余，余又属俞金门摹之，置唐墅亭林书院，并录先生赠万举人诗于卷，而次韵敬题其后。

古今大炉鞲，宇宙一罝网。
吁嗟元黄交，何地可长往。
㵁西^①信奇特，先生尤伉爽。
轩轩鸾凤姿，未肯尺寸枉。
六谒孝陵树，屡拜灵谷像。
举世渺无人，浩然发遐想。
南方习舆辇，我志在蹄鞅。
草衣跨一骡，载书尚兼两。
上穷皇古初，下历九州壤。
经学续新传，遗文剔榛莽。

---

① 万年少自称㵁西，非隰西也，㵁即"漯"字。

诗咏顾炎武

日知三十卷，治国指诸掌。
皇天剥硕果，旅馆凄穗帨。
斯图赠别时，故乡伺魍魉。
鸱夷虽变名，室家方震荡①。
我读先生诗，惊叹杂吟赏。
魂兮归语濂，祠堂豫题榜②。

再题渡江图次祁公韵

容台橄取遗书读，妄议经师是别传。
排抵尊崇两无谓，前贤心事岂其然③。

慈仁古寺成焦土，半亩荒祠更莫传。
末座少年今白首，每怀耆旧一凄然。

翁同龢（1830—1904），字叔平，号松禅等。常熟人，生于北京。咸丰六年（1856）状元。历任户部、工部尚书、军机大臣兼总理各国事务衙门大臣，协办大学士，参机务。同治、光绪两代帝师。戊戌政变后罢官归里。光绪初年曾与潘祖荫疏请以顾炎武、黄宗羲从祀文庙，遭

---

① 是时叛奴未得，家屡被窃。
② 唐墅语濂溪上先生奉母之处尚在，拟于此建贞孝祠而以先生侍侧。
③ 余与潘公祖荫疏请以故顾氏亭林黄氏黎洲从祀文庙，礼部尚书徐公桐驳议，谓所学未醇，遂罢。

反对派驳议。从青年至老年，多次参与顾祠会祭。学通汉宋，文宗桐城，诗近江西。书法遒劲，天骨开张。晚年沉浸汉隶，为同光书法家第一。著有《瓶庐之诗文稿》、《翁文恭公日记》等。

施补华  二首

慈仁寺谒顾亭林先生祠

蔓草枯杨断客魂，谒来烟寺阅朝昏。
云霄不傍诸甥贵，涕泪难忘老母言。
短须萧疏临易水，长歌慷慨赋夷门。
山头棠树花争发，杜宇声声万古冤。

地老天荒万事非，徵书迢递此心违。
远游关塞身将老，何处山陵泪独挥。
著作必传羞待访，乡园虽好忍思归。
双松谡谡经行处，惟有祠堂傍夕晖。

施补华（1835—1890），字均甫，乌程人。同治九年（1870）举人。先后入幕左宗棠、曾国藩、张曜府，性沉默，人疑其骄，多毁之，视其为狂士。光绪三年（1877），随西征清军驱逐阿古柏。后从西北军，保官至知府。张曜抚山东，令治河工，晋道员。曜钦其学行，将密荐

乞显擢。竟于光绪十六年（1890）病死。有《泽雅堂文集》、《岘佣说诗》等传于世。

陈作霖 一首

论国朝古文绝句二十首（其九）

史案牵连惨弟兄，天涯何苦赋遄征。
亭林弟子传衣钵，游记多于马上成。

陈作霖（1837—1920），字雨生，号伯雨，晚号可园。南京人。光绪元年（1875）举人，历任崇文经塾教习、奎光书院山长（校长），上元、江宁两县学堂堂长等职。为清末著作家、藏书家，近代南京著名史志学家。他毕生致力于搜集地方文献，编辑史志资料，给后人留下了一笔宝贵财富，对今天的南京城市文化建设和发展，仍有重要的指导意义。

张之洞 二首

新春二日独游慈仁寺谒顾祠

悴节常苦寂，欢辰常厌嚣。

东风悦士女，歌吹嬰春朝。
街西独闲旷，不与游人遭。
禅关惊卧庞，跫然破寂寥。
庭阴贮余雪，浑莹不受雕。
颓檐有冻溜，髡树无柔条。
缁徒闭户睡，炉火细欲销。
寺后有废邱，观阙见岩峣。
梵容寘网户，赞颂遗先朝。
何年庙市徒，求书琉璃窑。
春灯照百货，车马如乘潮。
双松适静性，仍伴枯僧寮。
俨如鲁两生，偃蹇不可招。
又似二诗老，倔强岛与郊。
返景落樛干，态色出萧骚。
笼袖且久立，已闻粥鼓敲。
岂惟肝肺清，坐使荣观超。
独畏菰中人，剥啄致讥嘲。

哀旧人

北阁南顾祁儒宗，大雅尚书继相公。
旧者不悲新者笑，朱书祠额在蒿蓬。

张之洞（1837—1909），字孝达，贵州兴义府人。咸丰二年（1852），他十六岁时中顺天府解元，同治二年（1863），他二十七岁中进士第三名探花，被授予翰林院编修之职，历任教习、侍读、侍讲、内阁学士、山西巡抚、两广总督、湖广总督、两江总督（多次署理，从未实授）、军机大臣等职，官至体仁阁大学士。在光绪末年，曾上过将顾炎武等人入祀文庙的奏折，得到光绪与慈禧的批准。

朱绍成 三首

送顾乡贤崇祀文庙恭纪二律

盛世仰唐虞，先崇一代儒。
学维参汉宋，道必守程朱。
利弊书犹在，华夷誉尽驰。
馨香资帝德，万古颂神谟。

告庙须行礼，嗟哉我道孤。
无由征典则，聊以献荛刍。
只履殊堪宝，遗巾可想儒。
老夫躬盛举，有杖不容扶。

咏亭林先生遗履一只

履式双梁,色黄,纹有花,长盈尺,以平生考之,疑在崇祯之季也。

只履流传三百年,珍藏端赖子孙贤。

色同黄娟长盈尺,疑在江南未定前。

曾闻足迹满尘寰,此履先生未出山。

何以知之非臆测,晚年耕稼在函关。

自注:先生有遗履一只,是日供置祠中。

朱绍成(1840—1911),字绎如,号继美。咸丰兵燹,避居昆北乡村教书多年,光绪五年(1879)底方回到县城,迁入新居。以后成为廪膳生员,但屡困秋闱,未能中举。后为岁贡生,铨选训导。学识渊博,士林推崇,门下多才俊之士。曾与友人编印《国朝昆新青衿录》,手校《昆新两县续修合志》,对地方文史贡献良多。

王先谦 一首

顾亭林

枋得遗民顾竟偿,余生事业付绨缃。

蒺藜从此甘沙苑，薇蕨无劳羡首阳。

王先谦（1842—1917），字益吾，学人称葵园先生。长沙人。曾有史学家、经学家、训诂学家、实业家等称号。著名的湘绅领袖、学界泰斗。曾任国子监祭酒、江苏学政，湖南岳麓、城南书院院长。博览古今图籍，研究各朝典章制度。治学重考据、校勘，荟集群言。著有《汉书补注》、《水经注合笺》、《后汉书集解》、《荀子集解》等。

万立钧 一首

顾亭林墓前诗碑

云气郁千墩，灵风啸墓门。
经纶儒者冠，道德布衣尊。
茔尚先朝赐，碑无片石存。
封题愧仓卒，再拜荐荃荪。

万立钧（约1840—约1910），具体生卒年不详。南昌人，1893至1895年署新阳县令时，曾重修过黄子澄、郭文雄和顾炎武墓园，还在顾墓前立《告知碑》和《诗碑》各一块，此诗即诗碑内容。

谭莹

偶检阅架上明人诗，漫赋录十四首（其十三）

燕台偶住客秦关，野史亭开不复还。

清景当中秋色老，金元诗律首遗山。

谭莹（1842—1926），字铭三，湖南安仁人，自幼天资敏慧，光绪二年（1876），求学于岳麓书院，光绪五年（1879）中湖南乡试解元（省考第一名举人），先后出任长沙、武陵教谕和广东遂溪知县等职。光绪二十一年（1895），在京应试，曾参加"公车上书"。后来，梁启超到谭氏书院找过他，时变法失败，康梁亡命天涯，望门止宿。

缪荃孙

重建千墩亭林祠

少年避祸去乡关，魂魄应随旅榇还。

著作今为昭代冠，祠堂仍在水云间。

关心农牧生涯足，隐恨君亲涕泪潸。

伍庙鸿山三鼎峙，清风千古振尘寰。

缪荃孙（1844—1919），字炎之，晚号艺风老人。江阴人。被称为中国近代图书馆的鼻祖。21岁举家迁居成都，习文史，考订文字。33岁时会试中进士，授翰林院编修。此后从事编撰、校勘十余年。先后担任过多所书院山长，后任江楚编译局总纂、江南高等学堂监督、江南图书馆总办、北京京师图书馆正监督。1914年任《清史稿》总纂。

何家琪 一首

读顾亭林先生书感而有作

寸心天万世，六合清明开。

风云积时代，日月相往来。

地维隆西北，万里山横排。

中突一华起，浑抱洪濛胎。

河水昆仑顶，毕气吞江淮。

方海司出纳，全脉为之回。

士不遇三代，贤愚齐尘埃。

反望古制复，假手凡庸才。

清时召不起，老病完形骸。

冬青屡相识，夜哭臣麻鞋。

凄凄春雨苑，猎猎秋风台。

匹马倦天下，著书空余哀。

何家琪(约1845—约1900),字吟秋,别号天根。封邱人。以父、弟任职故,曾寓济南和莱阳。光绪元年(1875)中河南乡试,后应会试不第,遂改教职。光绪七年(1881)任洛阳教谕,光绪二十四年(1898)迁汝宁府教授,卒于任。在汝宁任内,曾将其为文厘为八卷付刻。另著有《天根文钞》四卷、《天根诗钞》两卷、《天根文法》一卷、《天根文钞续集》一卷等。

王懿荣

亭林祠抱柱联

困学昔闻王伯厚;
日知近有顾亭林。

王懿荣(1845—1900),字正儒,烟台人。近代金石学家、鉴藏家和书法家。光绪六年(1880)进士,授翰林编修。三为国子监祭酒。曾任京师团练大臣。慈禧与光绪帝外逃,绝望,投井殉节,谥号文敏。其泛涉书史,嗜金石,为发现和藏研甲骨文第一人。撰有《汉石存目》、《古泉选》、《南北朝存石目》、《福山金石志》等。

谭宗浚 二首

顾亭林先生祠

几社浮华后,谈经挺此人。
河汾耽著述,甪里托沈沦。

夙负权奇计,兼全困辱身。
里堂虽善诤,终不掩瑜珉。

谭宗浚(1846—1888),字㮊安。南海人。自幼年秉承家学,聪明灵敏。1861年中举人。1874年中进士第二名,授翰林院编修,国史馆协修、撰修,方略馆协修等。1876年督学四川。1882年充江南乡试副考官,嗣出任云南粮储道、按察使。代表作品有《希古堂文集》、《辽史纪事本末》、《荔村草堂诗抄》。

袁昶 四首

行经冶城有感

阁尚飞霞耸,人今堕雨稀。
冶城春已半,未见一花飞。

撰蒋山佣杖，搴王内史衣。
清谈惧废务，祠榜有光辉。

偶书二绝

宁人不复卞，乃投虞山刺。
摆脱蒋山佣，遨游华阳市。

衣白山人也，食气落江湖。
日与乔松辈，方外一胥疏。

北游诗五章（其四）

亭林疏布士，其气雄万夫。
当其十三陵，杜鹃拜何劬。
每慕文渊牧，旷莽林野娱。
昏谷量牛羊，世事百不如。
名耻登荐牍，迹则淹神都。
晚息华阳机，兹亦栖精庐。
遗迹城西寺，浊醪荐双壶。
溪毛怀近躅，泠泠何与朱。

袁昶（1846—1900），原名振蟾，字爽秋，号浙西村人，桐庐人。光绪二年（1876）进士，历官户部主事、总理衙门章京，办理外交事务，后任江宁布政使，迁光禄寺卿，官至太常寺卿。光绪二十六年（1900），直谏反对用义和团排外而被清廷处死。《辛丑条约》签订后，清廷为其平反，谥"忠节"。他是同光体浙派诗人的代表。著有《渐西村人日记》等。

马彦森　一首

甲申江西学政陈宝琛奏请先儒黄宗羲、顾炎武从祀文庙，事下部议，予拟奏有云：世儒从语录入立讲学之名，其理学皆儒先之余绪，宗义炎武从经学入不立讲学之名，其理学接孔孟之真传，格于礼臣不果，上读两先生遗书为之太息，各系小诗以志景仰

我怀黄贞孝，文献东南垂。
卓然并孙李，大儒天下知。
自少抱隐痛，血泪流如縻。
痛父死阉难，草疏袖长锥。

讼冤冤以伸，力学下经帷。
时慨经术芜，思以力变之。
读书发家藏，学以有用期。
不足又借钞，于书无不窥。
巍巍续钞堂，瓣香东发遗。
早具经世略，慨然期有为。
不幸丁阳九，身冒崖海驰。
奔走历长埼，慨然吟式微。
况又遭党锢，捕檄来相追。
天欲留绝学，沧桑脱其危。
从此垂述作，继往开来兹。
妙悟屠龙技，布算无差池。
古松流水闲，簌簌声相随。
早游忠介门，御侮更有谁？
忠介去未久，末学多纷歧。
援儒以入释，因果肆謷訾。
乃复证人社，开讲坐虎皮。
旨以良知阐，功以慎独归。
大江从者众，坠绪藉以维。
先生重实践，理学六经为。
经术以经世，读史通时宜。
末流谈心性，徒取语录资。

语录糟粕耳，易为禅门欺。
昧乎先生言，直以孔孟师。
吾党奉斗杓，睢州著赞辞。
读书亡种子，潜邱著哀词。
熠熠南雷村，寒芒长如斯。
我生恨已晚，仰止心歔欷。
我怀顾处士，经师兼人师。
第一有用儒，品识必先之。
博学与有耻，肆力探旨归。
早岁游复社，顾怪善归奇。
苦为势家逼，出游始鲁齐。
署曰蒋山佣，逃名久孤羁。
史更遭无妄，南冠囚钟仪。
天欲绵绝学，履险脱危机。
孝陵凡六谒，泪血洒崦嵫。
九州七游览，五岳四登窥。
险要既备历，利弊亦周知。
负书资考证，苔藓剔残碑。
出入关塞间，秦晋更依依。
始欲居祁南，筑堂山之陲。
经史富插架，来者堪留贻。
继又居华下，绾縠形胜宜。

将以菟裘老,蒹藜甘如饴。
总之不称意,小住复栖栖。
胡马嘶北风,越鸟巢南枝。
经世抱伟略,垦田小试之。
自慨生不辰,藉以著述垂。
尤精音韵学,坠绪一线维。
先生言理学,必以经学资。
舍经以言理,恐堕禅学歧。
末流聚徒帜,语录袭浮词。
心性茫无解,不遑赋茅鸱。
深味先生言,后学当蓍龟。
在昔何太史,勾赀为建祠。
栋宇傍慈仁,俎豆备偶奇。
我将往瞻拜,仰止心欷歔。

马彦森(约1847—约1911),字晋三,一字蔚林,清光绪三年(1877)进士,官至礼部主事。

杨深秀 一首

祁子禾侍郎招祀顾亭林先生因嘱绘顾祠雅集图慨然有作

宣武城南慈仁寺,郁郁双松发寒翠。
西南偏有亭林祠,寿阳侍郎董祀事。
招集诸君作文游,饮福不为无名醉。
使我为绘雅集图,图成再拜更题字。
有明中叶儒风陋,学术无用丛诟祟。
高者盛传姚江衣,下者竞树竟陵帜。
一二不学求举者,附会元镫务制义。
亭林挺挺生东吴,其出愈晚学愈粹。
万卷穷探古圣心,诸陵偏洒逸民泪。
雠家任作叶方恒,门生肯伏钱谦益。
南冠犹是壮烈臣,布衣不负贞孝志。
称曰王佐曰经神,未必尽合先生意。
国朝巍巍盛儒林,筚路蓝缕功谁比?
往昔吾乡殷斋老,排纂年谱豁蒙翳。
公家文段实倡首,醵金共买十弓地。
建祠于今三十年,年年不废上丁祭。
公也传经若韦平,未愧汉学一线寄。

贱子举觯贡一言,迩者吾晋学稍弊。
诗书既多束高阁,文章颇似饰鞶帨。
惟愿公及我同人,宜倡实学回风气。
勿令枵腹谈经徒,滥厕国家春秋试。
亭林先生如有灵,歆兹丹诚庶一至。

杨深秀(1849—1898),号莽莽子,字漪村或仪村,山西闻喜人。清末维新变法人士。光绪进士。精通中西数学。授刑部主事,累迁郎中,后授山东道监察御史。1898年3月,与宋伯鲁等在北京成立关学会,又列名保国会。6月上疏请定国是,弹劾礼部尚书总理各国事务衙门大臣许应骙阻挠新政事。维新派湖南巡抚陈宝箴被人挟制时,他上疏辩护。戊戌政变中,不避艰危,援引古义,请慈禧撤帘归政,遂遇害,为"戊戌六君子"之一。

皮锡瑞

读顾亭林先生诗

归昌振奇律,不以文章名。
洪钟合钧天,难为靡曼声。
先生秉高节,旷世始一鸣。
雅抱在三代,遥怀托东京。

雄略不一试，晚节犹西行。
关门辨气紫，陵树哭冬青。
感时杜老叹，望阙骚人情。
流落泰山芒，振掉碧海鲸。
辞高绝虚伪，义激仍和平。
永怀大雅作，弥念遗风清。

皮锡瑞（1850—1908），清末学者。湖南善化（今长沙市）人。字鹿门，一字麓云。举人出身。三应礼部试未中，遂潜心讲学著书。他景仰西汉伏胜之治《尚书》，署所居名"师伏堂"，学者因称之"师伏先生"。代表作品有《经学历史》、《经学通论》、《今文尚书考证》等。

陈 璧 二首

顾宁人自孝陵来作孝陵图兼示诸忠义传赋赠二律

柴门雨歇故人开，身带钟山紫气来。
金碗人间知未出，玉龙天上说应回。
冬青常为亲藩痛，麦饭尤深皇祖哀。
风雪蓬蒿连瓦砾，仗君一笔扫荒台。

废兴底事腹便便，班固能兼司马迁。

惯作忠臣归汉传，兼收高士避秦篇。

多时出谷寻邮笈，何日还山驾史船？

我有归来三载泪，寄君五拜洒陵前。

陈璧（1852—1928），字玉苍、佩苍、雨苍，晚号苏斋，今闽侯县南通镇苏坂村人。进士，历任内阁中书、御史、大仆寺少卿、顺天知府、户部侍郎、邮传部尚书兼参预政务大臣等官职。为官清正，推行兴利除弊的改革措施，触犯了清廷贵族官僚的利益，遭到激烈反对。被人劾奏罢官，先后寓居苏州、天津和北京。民国十七年（1928）病逝。著有《望岩堂奏稿》。

郭曾炘 一首

秋暑，索居案头，惟亭林南雷两家诗，时复展玩，各题一章（其一）

桑海多传变徵音，巨篇谁解读亭林。

依然清庙明堂体，未肯亡明一寸心。

郭曾炘（1855—1928），字春榆，号鲍庵。清光绪六年（1880）进士，任仪制司主事，充军机章京，升员外郎、郎中，太常少卿，光禄寺卿，礼部右侍郎兼户部左、右侍郎。宣统元年（1909）充实录馆副总裁，修《德宗本纪》。学通中西，与严复论中外学术，质疑辩难，成为挚友。爱士重才，人有一善，必盛誉扬。著有《鲍庵诗存》、《楼居茶记》。

陈 衍 一首

戏用上下平韵作论诗绝句三十首（其十）

太仓江左诗人伙，水绘红桥几胜流。
红豆一双两黄叶，亭林学杜独悲秋。

陈衍（1856—1937），字叔伊，号石遗老人。福州人。清光绪八年举人。曾为刘铭传幕宾。光绪二十四年（1898），曾写《戊戌变法榷议》十条，提倡维新。后张之洞邀其往武昌任官报局总编纂。光绪二十八年（1902），他应经济特科试，未中。后为学部主事、京师大学堂教习。清亡后，在南北各大学讲授，编修《福建通志》，晚年寓苏，与人倡办国学会，任无锡国学专修学校教授。

王德森

谒亭林先生祠题壁

我生先生乡，习闻先生事。
我读先生书，敬仰先生志。
先生之志在忠孝，先生之事关风教。
二百年来世变更，优孟衣冠登学校。
师道如斯亦可悲，先生不死将何为，
我思先生泪欲垂。

闻亭林、梨洲、船山三先生同时从祀孔子庙庭感而有作

先生名世士，胜国老遗民。
绝学绵前圣，微言启后人。
河山余涕泪，书卷阅风尘。
衰乱今犹昔，何期俎豆新。

王德森（1857—1943），字严士，号鞠坪，晚号岁寒老人。室名市隐庐。昆山人。幼学古文辞，29岁补廪膳生，成为秀才。绝意仕进，肆志于诗文。民国六年（1917），参与县志编纂。兼习中医，精内外妇幼

各科。晚年寓居苏州,著述有《保赤要言》、《市隐庐医学杂着》、《岁寒文稿》、《劝孝词》,其诗被人称为"五言长城"。

梁鼎芬 联

为千墩亭林祠画像题联

凛若松篁气节;

浩如江海文章。

为千墩王贞孝祠题联

教天下之为母者;

微先生其谁师乎?

梁鼎芬(1859—1919),晚清学者、藏书家。字星海,一字心海,又字伯烈,号节庵,别号不回山民、孤庵、病翁、浪游词客、葵霜、藏山、藏叟等;室名有耻堂、葵霜阁、栖凤楼、抗愤堂等。广东番禺人。光绪六年(1880)进士,授编修。历任知府、按察使、布政使,曾因弹劾李鸿章而名震朝野。后应张之洞聘,主讲广东广雅书院和江苏钟山书院,为《昌言报》主笔。辛亥革命前有反帝主战思想。后任溥仪的毓庆宫行走。诗词多慷慨愤世之作,与罗惇曧等人并称"岭南近代四家"。1911年专程到顾炎武墓前祭奠,并捐资兴建王贞孝祠堂和洋楼一座。

邱樾 二首

昆山人物咏·顾炎武

韦布经纶孰比肩？骑驴遍踏九州烟。
著书咋破迂儒舌，神怪精灵护旧编。

昆山人物咏·顾洪慎

从父羁栖没晋阳，三千里外走扶丧。
道旁行客咨名姓，说是亭林子侄行。

邱樾（1860—1936），字荫甫，号退藏。昆山人。光绪四年（1878）考入县学，益发愤。后为附贡生，授州同知衔。被荐举孝廉方正，未召试。设塾于自己家中。热心桑梓社会公益事业。宣统二年（1910）任县学款经理处总理，藏书极富，学问渊博。撰《昆邑赋》、《昆山人物咏》,参与编纂《昆新两县续补合志》。有《阐潜集》、《修竹庐诗文存》等诗文集存世。

方还 二联

昆山光复县衙对联

若起亭林告光复;

应哀民物久凋残。

得《天下郡国利病书》后抒怀

千金赠我亭林稿;

藏诸名山两不磨。

方还(1867—1932),字惟一,自署螾庵。昆山人。槛阁学堂、亭林学会、马鞍山公园和学款经理处的创始人。任昆新学会、昆山商会会长。先后被选为省咨议局议员、资政院民选议员。昆山光复后,被推举为首任民政长。后任北京师范学校、南通女子师范学校校长,老舍亲得其炙,后任江苏省省长公署机要处秘书、交通部秘书。曾将顾炎武《天下郡国利病书》手稿购回昆山,交由图书馆和亭林祠堂予以珍藏。死后葬于马鞍山东南麓,有碑亭纪念。

秋瑾

顾炎武

鹤从珠树舞；
凤向玉阶飞。

秋瑾（1875—1907），近代民主革命志士，原名秋闺瑾，字璇卿，号旦吾，乳名玉姑，东渡后改名瑾，字（或作别号）竞雄，自称"鉴湖女侠"，笔名秋千，曾用笔名白萍。祖籍绍兴，生于福州，曾自费东渡日本留学。积极投身革命，先后参加过三合会、光复会、同盟会等革命组织，联络会党计划响应萍浏醴起义未果。1907年，她与徐锡麟等组织光复军，拟于7月6日在浙江、安徽同时起义，事泄被捕。15日从容就义于绍兴轩亭口。葬于孤山下。此联句被认定为托伪之作。

沈砺

昆山咏怀

山自玲珑塔自孤，昆冈自古产琏瑚。
文章徐氏三珠树，抵得归奇顾怪无。

沈砺（1879—1946），字勉后，朱泾（今属金山）人。1906年结识高旭、柳亚子、陈陶遗等，受聘为上海健行公学讲师，不久，成为同盟会会员、南社社员。1912年任孙中山大元帅府松江军政分府参谋长，并加入国学商兑会，常在《国学丛选》、《民国新闻》上发表诗文。1913年起先后任上海卫戍司令、南京国民政府秘书、南京市财政局长兼土地局长、国民政府文官处参事、文官处人事室主任。后遇挫卸职回家。1946年冬，煤气中毒而死。

苏局仙 一首

怀念亭林先生

亮节高风不辱身，昌兴国学奋精神。
几多著作今完在，治道攸关万古新。

苏局仙（1882—1991），字裕国，室名东湖山庄，上海市南汇县周浦镇人，清代末科（1906）秀才，长期从事教育工作。有《东湖山庄百九诗稿》、《水石居诗钞》、《蓼莪居诗存》。工诗及书法。早年写柳、颜楷书，后专攻王羲之《兰亭序》。楷书《兰亭序》曾获全国群众书法一等奖。

吴铁城

挽胡石予联

廿年讲学追炎武；
万首删诗比放翁。

吴铁城(1888—1953)，号子增，原籍香山，生于九江。早年追随孙中山先生，参加过辛亥革命，护国、护法斗争。北伐后曾任国民党中央秘书长、立法院副院长等职。

胡 适

自题70岁寿联

远路不须愁日暮；
老年犹自望河清。

胡适(1891—1962)，著名学者、诗人，原名嗣穈，学名洪骍，字希疆，后改名胡适，字适之。安徽徽州绩溪人，以倡导"白话文"、领导新文化运动著闻于世。幼年在家乡私塾读书。思想上深受程朱理学影响。曾求学于美国，1917年夏回国，受聘为北京大学教授。20世纪20年代接待外国记者来访时,将顾炎武评定为"中国历史十大名人"之一。

吴宓 一首

读顾亭林吴梅村诗集

史可为诗吴祭酒,身能载道顾亭林。
殊途一致忠和爱,隔代相怜古类今。
天下兴亡原有责,江山文藻尽哀音。
商量出处吾谁与,豹变龙潜看陆沉。

吴宓(1894—1978),陕西泾阳人。字雨僧、玉衡,笔名余生。中国现代著名西洋文学家、国学大师、诗人。国立东南大学(今南京大学)文学院教授、国立西南联合大学外文系教授,1941年当选教育部部聘教授。1950年起任西南师范学院(今西南大学)历史系、中文系教授。清华大学国学院创办人之一,学贯中西,融通古今,被称为中国比较文学之父。与陈寅恪、汤用彤并称"哈佛三杰"。著有《吴宓诗集》、《文学与人生》、《吴宓日记》等。

叶圣陶

亭林先生诞生三百七十周年纪念

志业唯匡计,言行务实先。
日知宁漫录,天下信鸿篇。
朴学开清代,昆山仰大贤。
兴亡匹夫责,爱国典型传。

叶圣陶(1894—1988),即叶绍钧,字秉臣、圣陶,苏州人,现代作家、教育家、文学出版家和社会活动家。1916年,进上海商务印书馆附设尚公学校执教,著有《稻草人》、《春宴琐谭》和《倪焕之》等。曾在甪直执教多年。1949年后出任教育部副部长、人教出版社社长和总编、中国文联委员、中国作家协会顾问、中央文史研究馆馆长等职。

胡厥文

匹夫篇

吁嗟乎——
江山锦绣留灰烬,乔松经斧存枯茎。
黄帝子孙累万万,为奴为隶为魑魅。

图自存，赖众擎。

为国家，须长征。

天下兴亡匹夫责，汝亦匹夫何不事牺牲！

胡厥文（1895—1989），又名胡保祥，上海嘉定人。历任中华职业教育社上海分社主任，中华职业教育社第三届理事会理事，第四届理事会理事、代理事长，第五届理事会理事长，上海市副市长，上海市政协副主席，政务院财经委员会委员。中国民盟的发起组织者。全国工商联第一至第四届执委，第五届常委。第一届全国人大代表，第二、第三届全国人大常委会委员，第四至第六届全国人大常委会副委员长。第一至第四届全国政协委员、第五届政协常务委员。

易君左 二首

结伴游昆山

白杨红叶两萧萧，重九登高意兴豪。

一代大贤余宿草，万家秋色落荒郊。

苍凉孤塔峰头立，浩荡天风岭外号。

十二三人花影里，满腔诗思怒如潮。

丙戌重九登高昆山怀顾亭林

天下兴亡匹夫责，片言可为万世则。
四百年来此一人，经济文章并气节。
昆山产一顾亭林，山为之高海为深。
旌旗为之壮颜色，鱼龙为之勤浮沉。
大星独耀偶然耳，况以一身齐众美。
芒鞋秦陇寄遗棺，宿草茜墩迷故里。
国于天地朴学崇，研求利病真理宏。
滔滔今日何所及？竞谋剽窃标时风。
欲谒先生祠与墓，踏遍昆山无觅处。
白杨一片响萧萧，凄凉唯有公园树。
吊古伤今总黯然，真鸦不爱六朝烟。
谁怜拥翠桥边客，重九登高望大贤。

易君左（1899—1972），湖南省汉寿县人，北京大学"文学士"、日本早稻田大学硕士，家学渊源，才高资绝，文、诗、书、画无不精工，被称为"三湘才子"。留学回国后，长年在国民党军政界擅从报业文化，积极参加抗日活动；1949年底去台湾，嗣后，辗转港台大学任教，兼任中华诗社社长，历经世变。成名早，享名久，成就高。

王蘧常　二联

题昆山亭林公园原顾炎武纪念馆中堂

博学于文；

行己有耻。

再题昆山亭林公园顾炎武纪念馆中堂

继往圣绝学；

开万世太平。

王蘧常（1900—1989），中国哲学史家、历史学家、著名书法家。字瑗仲，号明两，别号涤如、甪里翁、玉树堂主、欣欣老人，嘉兴人，生于天津。曾任上海交通大学、光华大学、复旦大学教授，文、史、哲、艺俱通，著作宏富。章草卓有成就，被称为"当代王羲之"。主要著作有《顾亭林诗集汇注》、《顾亭林诗谱》、《顾亭林著述考》等。

佚名 一首

咏亭林

□□□□□□□，□□□□□□□。
岂知剑气升腾后，幼时胡尘扰攘秋。
万里江山多筑垒，百年身世独登楼。
匹夫自有兴亡志，肯把功名付水流。

摘自民国年间《政训半月刊》某期34页

顾毓琇 一首

谒亭林先生墓（用张祜韵）

越王缔造中兴业，吴相三分足古今。
大禹世家原祖禹，东林学派又亭林。
神州利病从何说？天下兴亡欲废吟。
瞻拜茜墩遗履在，秦峰塔影柏森森。

顾毓琇（1902—2002），字一樵，教育家、科学家、诗人、戏剧家、音乐家和佛学家，无锡人。学贯中西，博古通今。江泽民和朱镕基的老师。清华大学工学院的创始人之一，曾任中央大学校长、交通大学教授、宾夕法尼亚大学教授等。被聘为清华大学、北京大学、南京大学、两岸五所交通大学等十几所院校的名誉教授，南京大学设有"顾毓琇奖学金"。此诗为1947年作。

徐承谟

读亭林《郡县论》

三老清初擅大名，龙头谁属有公评。

偶论郡县寓封建，遂使亭林蓬累行。

徐承谟（1906—1986），民国十七年（1928）毕业于上海光华大学商学院，先后在无锡中学、上海光大附中、上海光华大学、国立湖南师范学院、华东师范大学以及复旦大学等院校担任英语老师，是一位德高望重、在师生中有口皆碑的教授，与钱锺书交谊深厚。徐承谟为人谦逊，不图名利，不要做官，毕生之志就是教书育人，他对社会最大的贡献亦在于此。

高坚白 一首

缅怀昆山顾炎武先生

昆山处士顾亭林，气正风高江左钦。
义不仕清全大节，终难复国少同音。
逃名遁迹山泉老，立说著书考证深。
留得日知三十卷，千秋碑墓美华阴。

高坚白（1906—2013），太仓人，1937年上海国立暨南大学文学院毕业后，开始在太仓教学，直至1972年退休。一生创作诗词500余首。结集出版有《娄东坚白诗词曲选集》。

淡然 一首

丁亥夏月步锡山顾一樵先生
谒亭林先生墓原韵

茜墩浦上邀群彦，四柿亭边话古今。
已播颂声遍庠序，却教清兴到园林。
代传集学资贤裔，上揖唐音托雅吟。
共展墓庐仰高节，国门兵气正萧森。

淡然(约1910—约1975),生平事迹不详。此诗作于1947年。

孙功炎 一首

亭林先生诞辰三百七十周年恭赋

乱世纯臣宰相才,晚为皋羽亦堪哀。
深知郡国千秋病,难转天衢日月回。
心鄙浮华文苑传,学兼精博士林魁。
堂堂百字兴亡论,多少仁人接踵来!

孙功炎(1914—1996),海宁人,字玄常,斋号瓠落。擅诗词,通训诂,娴于书画,以汉语语言学家名世。杭州艺专肄业,辗转各地教授国文自活。后因两篇语言学论文,见知于叶圣陶先生,缘此入人教社任编辑。

冯英子 二联

亭林园门前大牌坊南面题联

归奇顾怪峰高文笔毓千秀;
玉润石灵山名马鞍传万方。

亭林园门前大牌坊北面题联

亭亭秀秀洞幽桃源阁胜翠微；

林林总总莲开并蒂华结琼瑶。

冯英子(1915—2009)，昆山人。仅有小学四年级文化程度，16岁起开始从事新闻工作，在十多家通讯社或报社历任记者、主笔、编辑和社长；1952年由港返沪，任职于《新闻日报》、《新民晚报》等报社，1977年起任《辞海》编委，1982年任《新民晚报》副总编辑。出版20多本文集，著述2300万字以上。生前长期担任昆山市顾炎武研究会顾问。

陈次园 一首

亭林先生诞生三百七十周年纪念恭赋

（1983年）

昔余游昌平，思古发幽情。

莽苍京郊原，平芜故道横。

当日乡先正，此途谒长陵。

斯人洵国士，丹心照汗青。

学风开一代，述作本六经。

诗咏顾炎武

天下兴亡语，大一凛峥嵘。
拳拳复明志，耿耿精卫诚。
故园三千里，南北仆仆行。
关中建瓴势，白头往来曾。
其人虽已殁，其事垂典型。
即今大一统，志节耀日星。
三百七十载，先生其永生！

陈次园（1917—1990），曾用名陈中孚、陈中辅，字次园，以字行。昆山人。幼读私塾、近民小学。后入苏州桃坞中学、东吴附中攻读，考入东吴大学法学院。毕业后曾在沪任教。1949年后在北京外文出版社任翻译、编辑，曾在中央电视台做过书法讲座。晚年曾代叶圣陶作书法应酬。著有《朝彻楼诗词稿》及翻译作品十余种。

孙　常　

亭林先生诞辰三百七十周年恭赋

乱世纯臣宰相才，晚为皋羽亦堪哀。
深知郡国千秋病，难转天衢日月迴。
心鄙浮华文苑传，学兼精博士林魁。
堂堂百字兴亡论，多少仁人接踵来！

孙常（约1920—约1999），生平事迹不详。此诗1983年作于山东郓城，曾刊登于《千灯镇志》、昆山市顾炎武研究会《会内通讯》。

周汝昌 一首

亭林先生

为学无他在日知，至奇人谓是无奇。
伤心亡国亡天下，一卷遗诗万古悲。

周汝昌（1918—2012），生于天津。字禹言，号敏庵。红学家、古典文学研究家、诗人、作家，被称为中国红学研究第一人，考证派和集大成者，被誉为"红学泰斗"。其《红楼梦新证》是红学史上有开创和划时代意义的著作，奠定了现当代红学研究的坚实基础。另在诗词、书法等领域下功夫甚深，贡献突出，曾编订撰写专著多部。

杨友仁 四首

与兆源同志归故里，瞻仰顾亭林先生纪念馆，赋次志敬

再拜登堂日正妍，心香一瓣奠先贤。

诗咏顾炎武

文章经济开风气,垂绪绵绵三百年。

行程万里色匆匆,风雨凄凄一代中。
国恨家仇悲壮志,不辞嘘气作长虹。

春谒长陵秋孝陵,铮铮铁骨见崚嶒。
经生寡术多虞日,利病书成托废兴。

灵谷乘除劫火频,小城一角自仍春。
而今复有才人出,指点江山入画新。

(原载1984年5月24日《新民晚报》第5版,时纪念馆在原刘过祠堂)

杨友仁(1918—2007),江苏昆山人。1943年毕业于光华大学中文系。曾任职于上海古籍出版社、上海书店。上海文史研究馆馆员。曾担任《中国文学发展史》(刘大杰著)、《顾亭林诗汇注》(王蘧常著,获全国书评三等奖)、《中国近代文学大系·诗词集》(钱仲联编注,获全国书评一等奖)、《中国近代文学大系》(获全国书评荣誉奖)等书(丛书)的责任编辑。著有《吴江金松岑先生行年与著作简谱》。

吴其康 四首

清明扫亭林先生墓

皇皇事业诵传今，道德文章爱国心。
力挽狂澜于既倒，兴亡有责匹夫任。

公子才华博学科，桃花韵事枉称多。
先生冷眼看征辟，跋涉山川剑刃磨。

悬梁怕痛水嫌寒，羞煞虞山易异冠。
却笑招来门下士，通衢遍贴辩书翰。

进士魁元一弄多，悲欢一样逐流波。
高山仰止清明节，万姓灵前奠酒禾。

吴其康（1924— ），昆山人。中央大学毕业。昆山县第七中学（今昆山千灯中学）首任副校长（主持工作），精通文史哲，精读马列经典和古典诗文，使该校教育质量列县前茅，后调任石浦中学、教师进修学校等学校，1984年退休。

程羽白 二首

读顾炎武《天下郡国利病书》有感

一息犹存志不移，鞠躬尽瘁为庶黎。
遍观方志明沿革，钩稽佚文辨是非。
跋涉关津图险要，恫瘝民瘼访鹑衣。
探寻匡复长治策，二百万言百代师。

仆仆山川冒寒尘，潜心笔札忘艰辛。
关情有别徐宏祖，寄意终殊王应麟。
经术精深当致用，言行朴实为求真。
乾嘉诸子谁堪及？亘古文章有几人！

程羽白（1931— ），昆山人，长期担任江苏省昆山中学外语和语文教师，参与过横排、简体字、标点本《天下郡国利病书》的点校、整理和出版工作。

蒋志南 八首

访顾亭林故居

一代宗师开清学,千古名言震寰宇。
芝兰玉树崇家范,苍龙日暮还行雨。
常怀天下兴亡志,穷究郡国利病书。
日知笔录成巨卷,归休惟馨乡贤居。

席间即兴

秦峰塔前千盏灯,尚书浦畔万般春。
天下兴亡匹夫责,先贤古训铭记心。

赞顾亭林先生
——为纪念亭林先生诞辰400周年而作

先生浩气贯长虹,留得英名久仰崇。
一身傲骨誉千秋,满腹经纶万代颂。
心怀民生忧国计,千古文坛一奇翁。
才高有志补苍天,一代宗师声望重。

咏顾炎武北游集句五首

（其一）

万里关山作雄行，远游无处不消魂。
苜蓿连云马蹄健，却用关中作木根。

（其二）

山河破碎风飘絮，身世浮沉雨打萍。
遗民泪落胡尘里，赢得生前身后名。

（其三）

衣上征尘杂酒痕，胸中磊落藏经纶。
许国虽坚鬓已斑，三更起坐泪数行。

（其四）

看尽江湖千万峰，地辟天开顾指中。
贞观太平如再睹，但悲不见九州同。

（其五）

家乡万里梦依稀，黄鹄飞鸣未免饥。
读书本意在元元，犹课蝇头二万言。

蒋志南（1931— ），江苏宜兴人，曾任昆山县文化馆馆长、县广播站站长、县委宣传部干事。主编《昆山市总工会志》，出版《霜红集》、《霜红诗稿》。

郭文炳 一首

参观昆山市顾炎武纪念馆

朴学高风善著书，胸怀大志察江湖。
眼看利弊皆成录，首倡兴亡重匹夫。
十谒明陵思故国，满腔悲愤意新图。
巍巍祠宇山生色，浩气长存耀古吴。

（原刊于《文汇报·笔会》1993年1月19日，后收入《郭文炳诗选》。）

郭文炳（1931—2009），字德远，号杯渡斋二世主。江苏盐城人，定居昆山市张浦镇。中医针灸名家、诗人、书法家。曾任上海广群医院针灸医师，昆山市第十、十一届人大代表，苏州市书法家协会、中国针灸学会、中华诗词学会会员，国际诗词艺术家联合会名誉会长，世界华人书画艺术家联合会艺术顾问等职。

鲁德俊

瞻仰顾炎武纪念馆

清学开山赖著鞭,经邦济世仰明贤。
匹夫有责保天下,亮节高风何凛然!

鲁德俊(1934—),毕业于山东师范大学中文系。曾任高校中文系主任,调回昆山后,任昆山中学教师直至退休,现为江苏省老年大学百佳优秀教师。著有诗集《不是散文分行的诗》,诗论集《诗的格律与鉴赏》、《什么是诗》,戏曲论集《名人与戏曲》,电影论集《中国电影评论文集》等。研究昆山文史、诗词、楹联数十年,编著有《历代名人咏昆山》、《诗吟昆山》、《昆山礼赞》、《昆山文物楹联集粹》(注释)、《传统吴歌在昆山》、《咏蟹诗话》等。

徐永明

清平乐·顾亭林先生墓前

春留顾墓,

绿染行人路。

松柏傲然鹰振羽,

常伴忠魂同住。

神州一统山河,
四海苍生欢歌。
因得人间大祭,
泪飞化雨滂沱。

纪念亭林先生绝句二首

(一)

七十老翁何所求,身随骏马北乡游。
人间尚有遗民在,唤作惊雷醒九州。

(二)

少年读破百家书,老夫行成万里途。
展读文章常击节,吾当奋学效前驱。

徐永明(1939—),上海青浦人。江苏省戏剧家协会会员。大学毕业后在昆山千灯中学任教近20年,后在县文教局、市委办公室、市政协等部门从事行政、文字工作。早在学生时代,就爱上了文艺创作,曾有诗文、小戏发表于报刊。1978年所作锡剧小戏《老戏迷改戏》入选晋京汇报演出。1963年为纪念顾炎武诞生350周年,试作诗词参与活动。"文革"中被视作"黑材料"封存,1998年幸见天日,遂刊登于顾炎武研究会《会内通讯》。

吕传龙 一首

无 题

先贤渐远去,教诲深铭心。
博学实难达,有耻理所应。
中华好传统,昆山善焕新。
毋忘复兴责,率先弘精神。

吕传龙(1939—),昆山人,1961年毕业于华东师范大学中文系,入伍后在原总后直属单位工作,曾任文化教员、助理员、秘书等职。1982年转业到浙江省省直机关、院校工作,任秘书、机关党委专职委员、支部书记、高级讲师等职。著有《亦新亦旧的时空——冶冰文章歌诗自选辑》等,主编、合编有《应用写作新编》、《现代公文写作》、《中国现代应用写作大辞典》、《基础写作新论》等。

陈兆弘 一首

顾亭林（弹词开篇）

烈烈英名四海闻，民族志士顾亭林。
生长江南昆山城，青山绿水好光景。
自幼多承嗣母教，机旁勤读夜伴灯。
翩翩复社一年少，志挽颓风济苍生。
可恨国贼引狼虎，大明江山一朝倾，万民涂炭受侵凌。
中华儿女斗志坚，誓驱鞑虏净胡尘。
江南渔农最勇敢，揭竿起事太湖心，干戈连海震天庭。
（亭林是）血性烈烈的男儿汉，仗义投笔赴吴军。
惜哉胥台功未果，长使英雄泪沾襟。
昨战江边今山侧，欲保家乡不顾身，
杀逆贼，拒清兵，烽烟蔽日泣鬼神，
二十一天壮烈战，四万忠良尽丧生。
弟死母亡留遗嘱：汝不能，忘恩负义事二姓。
（亭林是）国恨家仇记心间，矢言永世作遗民。
我如精卫填东海，海无平期不死心！
劣绅构怨相煎迫，从此春雁向北行。
关河岁月廿五载，天涯踏遍似飘萍。
于今大地春意绝，寥落凄凉为甲兵。

诗咏顾炎武

壮哉北国多义士,英勇最是"榆林军"。

(我不羡)伯夷、叔齐遁山野,要学康、靡除暴君。

(念)天下兴亡,匹夫有责!

(他)求友造士结英伦,垦田放牧费经营。

(为只为)洗雪中原耻,(为只为)指顾安黎民。

(纵然是)身拘牢狱死,(也不能)屈膝苟残生。

权贵譬如蝇与蚁,成仁唯有刀与绳。

(真所谓)苍龙日暮还行雨,老树著花春更深。

寒苦飘零犹著作,经学文史皆绝伦。

炳炳华章明素襟,悉心揣摩托后人。

(亭林是)远路不曾愁日暮,老年仍望黄河清。

可叹七十志未竟,含恨绵绵终华阴。

先生肝胆昭日月,民族正气万古存;

至今三百五十载,神州大地重回春,

弦歌万户颂英灵。

(1963年)

陈兆弘(1940—),昆山锦溪人。1961年扬州师范学院中文系中国语言文学专科毕业。先后在昆山县一中、县文化馆、图书馆工作,任专职文物干部。1986年任昆山县文物管理委员会秘书、办公室副主任。1988年任苏州市文化系统职务评审委员会委员。1990年调任昆山市政协副秘书长,兼历届文管会委员、地方志编纂委员会委员。1984

年被评定为文博专业副研究馆员。在专业期刊、大学学报及大陆和港台报刊上发表论文50余篇,出专著两本。

顾雨时

亭林先生四百周年祭文

　　钟灵毓秀,玉出昆冈。
　　亭林先哲,兹土兹乡。
　　幼年受教,嗣祖训养。
　　贞母熏陶,报国志彰。
　　归奇顾怪,青年入庠。
　　结伴复社,意气激昂。
　　粪土浮名,摒弃科场,
　　潜心治学,经世济邦。
　　明清交替,九州动荡。
　　家国罹难,靡诉悲怆。
　　泪别故土,含愤北上。
　　义结志士,持节慨慷。
　　行己有耻,亮风可仰。
　　负笈千里,学博师广。
　　不厌万卷,训今鉴往。

日知漫录，博洽观详。

文益天下，心系兴亡。

匹夫有责，名言留芳。

四百春秋，代有承扬。

中华复兴，万众翘望。

古今一梦，富民国强。

昆山之路，率先开创。

繁荣经济，福泽梓桑。

社会和谐，百姓安康。

戮力同心，圆梦在望。

抚今追昔，缅思漾漾。

告慰先贤，安魂尚享。

顾雨时（1940—　），昆山人，千灯顾氏后裔。中学语文高级教师。历任千灯中学校长，昆山市第一中学校长，震川高级中学党总支书记等职。著有《千灯纪韵》、《顾炎武名言释读》等。

李树喜 一首

纪念顾炎武诞辰400周年

过眼沧桑四百秋，大江无语水东流。

英雄淘尽亭林在，一顾何须万户侯。

李树喜（1945— ），安平县人，1969年毕业于北京大学历史系。1970年在北京市家具公司劳动锻炼，1978年后历任教育部《人民教育》杂志记者，《人才》杂志编辑，《光明日报》政经部记者、副主任、主任及科技部代主任、社会部主任，高级记者，2001年起任光明日报出版社社长、总编辑，《中华诗词》编委。

赵京战 一首

顾炎武故居

几番大地走龙蛇，四百年来风物赊。
玉带锦袍归帝网，竹篱茅舍是我家。
补天未遇娲皇手，浮海可追夫子槎。
辽鹤归来唯一笑，细听商女诉琵琶。

赵京战（1947— ），笔名苇可，河北安平人，1966年入伍。空军功勋飞行员。大学本科学历，获学士学位。副师职，大校军衔。2003年到《中华诗词》杂志社工作，任编辑部主任。现为中华诗词学会副会长、中国白洋淀诗书画院艺术顾问。2004年1月，任《中华诗词》杂志副主编，执笔编写《中华新韵（十四韵）》。著有《飞行员论文选》、

《苇可诗选》、《苇航集》、《中华新韵(十四韵)》(执笔)、《诗词韵律合编》、《网上诗话》、《新韵三百首》等。

郭志昌 二首

亭林先生归葬千墩

马背坠亡究可哀,亲朋好友为安排。
曲沃昆山三千里,魂归故土祖茔埋。

亭林先生《日知录》

鸿篇日知成功难,披阅增删历辛艰。
诞于昆山玉峰下,止在曲沃浍水边。
检视兴亡三千载,点评成败四百年。
亭林毕生志与业,尽在此书字行间。

郭志昌(1950—),生于河南林县,长期生活、学习、工作在陕西铜川。退休后到昆山,热心于顾炎武研究及昆山文史研究,单独出版或与人合著出版有长篇报告文学《中国市长第一人——张铁民在铜川》、《三个代表的践行者郭秀明》和《传是楼集》、《鱼翔龙门——昆山三徐传》等,现为昆山市顾炎武研究会副秘书长、理事,会刊《顾炎武研究》主编。

许苏民 一首

诗咏亭林先生

灵根深植玉山下，百代始育一大家。
九州学人推泰斗，五岳义士称大侠。
奇书三部映史册，宏文千篇粲彩霞。
欲为中华开新路，风雨鸡鸣咏兼葭。

许苏民（1952—　），江苏如皋人，无党派人士。1978年2月考入华中工学院哲学所师资班，1981年2月经国家教委特批跳级，提前一年毕业，留校任教，获学士学位。进修于武汉大学中国哲学专业，师从萧萐父先生。1999年被列为湖北省社会科学院首批中青年学术带头人。现为南京大学教授、博士生导师。著有《王夫之评传》、《顾炎武评传》等书。此诗作于2013年7月14日。

宋彩霞

临江仙·谒顾炎武故居

茅舍今来真胜事,

当时人物传奇。

黄花无语绽东篱。

此中有句,

孤雁为谁悲?

塞上兵书来又去,

内中心事依依。

狂歌犹记凛然情。

胸怀正气,

拜为古今师。

宋彩霞(1957—),笔名晓雨,山东威海人。中国作家协会会员,中华诗词学会常务理事,《中华诗词》杂志编辑部主任,山东省诗词学会副会长。获2015年"诗词中国"最具影响力诗人奖。著有诗词、诗论集《秋水里的火焰》、《白雨庐词》等六卷,新诗集《黑咖啡》,主编了《甲午战争120周年诗词选》等。

俞建良 二首

贺顾亭林纪念馆落成

海角园林顾馆开，高风引客四方来。
当年正气今犹在，瞻仰低回叹怪才。

七言联句

归奇直节千秋颂，
顾怪高风百世稀。

俞建良（1959— ），昆山人，九三学社社员。系中国书协会员、省美协会员、中国楹联学会会员、澳门印社社员。研究生学历（美术学专业）、国家一级美术师，现任昆仑堂美术馆馆长。作品曾多次参加省、国家级展览。论文分别发表于《书法报》等多家报纸杂志，逾三十万字。已结集出版发行专著《从善楼随笔》等七种。

郭鸿森 四首

题顾炎武纪念馆

不朽嘉言永闪光，驰名玉出自昆岗。
日知笔录留天壤，风骨长存史册芳。

（原刊于2002年1月7日《昆山日报》、吉林省《长白山诗词》2002年第5期，后收入《郭鸿森诗词选》。）

咏顾炎武

闻名天下顾亭林，博学于文著述精。
爱国强音惊万世，山河震撼似雷霆。

（原刊于2002年11月29日《昆山日报》，后收入《郭鸿森诗词选》。）

吊亭林先生墓

我到千灯百感生，亭林故里吊先人。
若非爱国名言在，古墓焉能价值城。

（原刊于2005年6月9日《昆山日报》、上海《碧柯诗词》总第53期，后收入《郭鸿森诗词书法集》。）

访顾炎武故居感怀

胸怀社稷系兴亡，爱国名言天下扬。
欣谒故居多感慨，后昆盛世铸辉煌。

（原刊于盐城市《湖海诗词》总第44期，后分别被收入《杯渡斋藏玉集》、《郭鸿森诗词书法集》，由作家出版社、世界文化艺术出版社出版。）

郭鸿森（1966— ），笔名司齐，号杯渡斋三世主，江苏盐城人，定居昆山市张浦镇。毕业于中华针灸学院。享有"神医郭一针"、"天下第一针"之美誉。当代中青年著名诗词联艺术家、书法家。苏州市书法家协会会员、中华诗词协会名誉副主席、中华浮云诗词社社长、贵州《新诗维》诗刊旧体诗顾问。出版专著多种。

张程远

咏亭林

（一）

物情日浇别吴门，世路弥窄秋雨深。
潦侧随人难为己，诗行天下亦苦吟。
三晋一去又三秦，垂暮不失赤子心。
常以老泪祭山水，不觉寒月已为邻。

（二）

荒城白鹤恋夕云，太行立马望雪深。
人生岂是居家惯？逐客无家久问津。
人人生无一锥土，亭林独怀四海心。
遍历河山天下计，梦回江南叶归根。

（三）

塞外空叹长城长，朝有狐鼠国有殇。
居庸有关风烟散，义士何处话兴亡？

（四）

绝尘一去不复返，志士豪情在中原。

孤鸿誓与关山老,千年河岳夜未眠。

（五）

念兹在兹在国耻,提笔为戈向龙池。
匹马西风筹往略,文章足为百代师。

（六）

沧海横流千年冷,风雨如晦几人明。
寒江荒草忆友处,绝障重关已无朋。

张程远(1976—),祖籍山东莱阳,生于黑龙江兰西。1999年毕业于北京师范大学历史系,现任教于江苏省昆山市第一中学。致力于高中历史教育教学,热衷向中小学生传播中华优秀传统文化。推崇顾亭林,在昆山一中建立顾炎武思想课程基地,并兼任昆山市顾炎武研究会副秘书长。在《光明日报》《团结报》《中学历史教学参考》等报刊发表文章多篇,主编《人师顾炎武》《高中历史多功能题典》等,参编画册《旷世大儒——顾炎武》。

霍文才　一联

一代巨儒济四海；
千秋楮翰遗人间。

霍文才（1977—　），生于山东夏津，中国书协会员、京师印社副社长兼秘书长，北师大、北京人文大学书法篆刻专业兼职教师。先后毕业于北师大书法专业、首都师范大学书法文化研究院，获美术学（书法）学士学位、书法艺术硕士学位。作品多次入选国展，并获奖。书法篆刻作品及文章散见于国内多种专业报纸杂志。出版有《全国高等院校书法专业考前辅导篆书篆刻》、《篆书峄山碑解析》，参与编撰《中国书法史图录简编》。

王小龙

题丁酉年亭林诞辰纪念日会祭

国祚无恒常，世运有关键。
顾祠众尚飨，俯仰历百年。
康熙七年春，亭林驻僧院，
晚宿慈仁寺，汀芒谒陵园。
一代鸿博儒，故国北游遍。
心同旧山河，气节追完全。
道光庚子日，国朝鸦片战。
士林群激昂，经世推大贤。
石州倡起会，子贞广致函。
卅贤捐资助，买地寺西偏。

建屋树高瓴，聚会院落间。
一年三致祭，频频少隔断。
期者延军机，登门多状元。
趋步见名士，谈笑有谏垣。
学术调汉宋，西北舆地研。
刻书遗晚辈，后学争比肩。
朝臣或不往，自保唯避嫌。
祭者慷慨气，慕者羡登仙。
题名五百众，绵延八十年。
京师传掌故，海内想硕彦。
曾断上百载，世事多变迁。
祠址几重修，幸存题名卷。
小子不量力，拟续圣贤篇。
未能参古意，仪式尚可传？

王小龙（1977— ），现居北京市朝阳区，为中国银行职员。热爱文史，有小说、诗歌等作品发表。母亲为山西张穆家族后人。自2012年开始通过网络和图书馆逐步挖掘张氏家族史料，已成功恢复张族四百年族谱，并写有论文《张穆家族研究》，得到专家认可，加入平定历史文化研究会。近年来专注于顾祠会祭的研究。目前结友三十余人，均为顾祠研究专家与爱好者。

昆山市人民政府、千灯镇人民政府

顾炎武诞辰400周年公祭仪式祭文

公元2013年7月,岁在癸巳,亭林先生诞辰400周年。昆山市、千灯镇各界代表肃立先生像前,谨以香酒,恭祭先生。文曰:

生于千灯,江东望族。

节气嗣母,涵养嗣祖。

归奇顾怪,结伴复社。

少年博学,精忠报国。

摒弃科举,退而治学。

纂稿辑书,经世济务。

明清交替,天崩地坼。

心存大志,负笈北游。

广交师友,潜心著述。

行千里路,读万卷书。

博学于文,行己有耻。

清学鼻祖,一代通儒。

亭林学术,源远流长。

玉出昆冈,钟灵毓秀。

今日昆山，经济发达。

融通中外，文化深厚。

百姓安康，近亲远悦。

追日揽月，花团锦簇。

四百年间，誉满神州。

古今道贯，天地德侔。

八面来风，海纳百川。

与时俱进，盛世乐奏。

抚今追昔，告慰先祖。

寥天一鹤，精魂永驻。

杨逸民

读顾炎武诗感赋三绝句

每开雄卷读斯翁，九域长存五内中。

担责匹夫风骨峻，可怜天下几人同。

手中之笔自铿锵，滚烫留来句几行。

读罢先生添感悟，是诗人要敢担当。

除却兴亡百不关，书生何惧道途艰。

焚香我自怜精卫,拜了亭林拜傅山。

杨逸民,生平事迹不详。

姜玉峰

灯火——顾炎武诞辰四百周年作

生不逢时家国患,大明颠覆□□□。
匹夫有责兴亡共,学术无垠进退班。
拒仕飘零行万里,研文开拓越千山。
暗中灯火尤可贵,映照前程人奋攀。

姜玉峰,生平事迹不详。

林 峰

谒顾炎武故居

灯放千枝耀眼光,秋山曲水动人肠。
槐留傲骨青云下,石鼓高风北斗旁。
人世百年知得失,史书千册鉴兴亡。

长歌一曲君知否,日满楼头古卉芳。

林峰,生平事迹不详。

钟永新 二首

北京顾炎武祠旧址感怀

昔时祠已没,今日寺犹寂。
至今思亭林,后学何以继?

试问今日天下之兴亡,
匹夫焉能无责朝夕?

钟永新(1985—),四川人,青年学者,泛游国内二十余省。在清华大学国际工程项目管理研究院学习期间,曾专程走访过陈祖武等顾炎武研究方面的多位专家学者。发表过多篇研究顾炎武的文章。

后　记

经过一年多时间的努力,《诗咏顾炎武》终于面世。

顾炎武生前,曾经与同事、朋友有着频繁的诗文来往,他死后的一段时间内,他的生前好友也多有悼念感怀之作,而在昆山和他的家乡茜墩(今千灯),这类作品相对来说却不多。正如段志强教授在本书序言中所谈到的那样,在顾炎武去世之后的一百多年中,他的声誉其实是比较沉寂的,给人一种"故乡愧对顾炎武"的感觉。清乾隆中后期,考证之风风行之后,顾炎武开始回到士林的中心地位,但在原本平静的湖面上激起的浪花和涟漪还是十分有限的。这种状况一直持续到鸦片战争爆发之前。北京顾亭林祠建起以后,对顾炎武的歌颂和怀念、祭祀活动大量兴起,并持续了八十多年时间。进入20世纪以后,随着顾炎武入祀孔庙,孙中山等人领导的以恢复中华为宗旨的革命运动的蓬勃开展,由梁启超先生概括出的顾炎武的警世名言响彻中华大地,顾炎武再次回到了人们的视野之中。然而,进入民国时代,特别是1922年北京亭林祠得到大规模的重修以后,本该再现辉煌的情景却没有像人们预想的那样出现。这固然与旧体诗这种文学形式在新文化运动的猛烈冲击下迅速式微有关,也与顾炎武的身影渐行渐远不无联系。之后,日寇入侵,国难当头,顾炎武的名言成为号召民众奋起、共同救亡的号角。抗日战争胜利后,顾炎武再遭冷落。"文革"开始,顾炎武的坟墓遭到毁弃。改革开放之初,《人民日报》刊登的一篇特约评论员的洋洋万言的文章,将顾炎武与其他17位历史名人作为思想家排列在一起,呈现在世人面前。从此,对顾炎武的研究和宣传才日盛一日地开展起来。1990年,昆山市顾炎武研究会应运而生,会刊《顾炎武研究》(原《会内通讯》)每年出一本,直到今天。

改革开放近四十年,特别是进入21世纪、新时代以来,研究和宣传顾炎武的论文和其他类型的文章大量出现,可以说,我们赶上了宣传和研究顾炎武思想和精神的最佳时期。这些,是令人欣慰和欢欣鼓舞的。但是我们也要正视这样一个现实,即以旧体诗的形式来吟咏、宣传和纪念顾炎武的作品,终究是无可挽回地日见其少了。

正是基于这种现实情况,研究会的同人们出于珍存、展示与抢救的复杂心情,萌生出了编印这本书的初衷。

本书编纂过程中,复旦大学段志强教授提供了大量的珍贵资料,马一平、毛振球、毛经球等先生也给予了大力支持。在此,谨表谢忱。

由于时间紧迫,加之编者所掌握的资料有限,遗珠之憾,书中的缺点和错误,在所难免,希望读者提出宝贵意见,以利我们改进。

编 者

2017年12月20日